Les éditions Delenn Harper ont pour vocation de partager mon admiration pour les grands textes nourrissants du passé, qui seront probablement davantage appréciés demain qu'aujourd'hui.

Trop d'ouvrages essentiels à la culture de l'âme ou de l'identité de chacun sont malheureusement indisponibles. Car la belle littérature, les outils de développement personnel, d'identité et de progrès, tous ces textes passés ont disparus ou ne sont plus édités.

Pour le plus grand bonheur des amoureux des oeuvres rares et manuscrits anciens, les *ÉDITIONS DELENN HARPER* ressortent les textes fondateurs du passé du domaine publique trop souvent négligés, perdus ou tout simplement oubliés.

VOYAGE AUTOUR DE MA CHAMBRE

SUIVI DE EXPÉDITION NOCTURNE AUTOUR DE MA CHAMBRE

XAVIER DE MAISTRE

Edited by
DELENN HARPER

TABLE DES MATIÈRES

VOYAGE AUTOUR DE MA CHAMBRE

Xavier de Maistre

(1794)

XAVIER DE MAISTRE

Né à Chambéry en 1763, Xavier de Maistre appartenait à une famille de magistrats. Son père était président du Sénat de Savoie et son frère Joseph fut membre de la même assemblée jusqu'à l'invasion du pays par les Français. Xavier choisit le métier des armes. Officier sarde, il ne voulut point servir le conquérant français. Lorsqu'en 1802 son frère fut nommé par Victor-Emmanuel 1er, ambassadeur à Saint-Pétersbourg, Xavier le suivit en Russie et s'engagea dans l'armée du Tsar. Il participa comme officier aux campagnes du Caucase et de Perse, puis il s'établit dans la capitale russe, qu'il ne quitta plus, sinon pour faire un voyage en France, quelques années avant sa mort. C'est à Saint-Pétersbourg en effet, que Xavier mourut, en 1852.

L'œuvre de Xavier de Maistre n'est pas très abondante, mais elle est d'une clarté, d'un esprit essentiellement français. Chacun de ses courts ouvrages : *Voyage autour de ma chambre* (1794), *Le Lépreux de la cité* d'*Aoste* (1811), *Les Prisonniers du Caucase* et *La Jeune Sibérienne* (1825), l'*Expédition nocturne autour de ma chambre*, sont des petits chefs-d'œuvre de style, de simplicité et de naturel.

Les circonstances dans lesquelles Xavier de Maistre se mit à écrire sont assez curieuses. Officier, en garnison dans la petite ville d'Alexandrie, en Italie, une malencontreuse affaire de duel le fit mettre aux arrêts pendant plusieurs jours. Le jeune officier accepta la punition avec philosophie. Ne pouvant quitter sa chambre, il se plut à passer en revue les objets qui l'entouraient, notant les réflexions que ceux-ci lui inspiraient, les souvenirs que chacun évoquait en son esprit. Il confia le cahier contenant cette série d'impressions à son frère, lequel avait acquis déjà à cette époque une enviable renommée grâce à la publication de ses Lettres d'un royaliste savoisien. Le comte Joseph de Maistre trouva l'essai de son cadet, original et d'une réelle valeur littéraire. A l'insu de son frère, il décida de le faire éditer. Ainsi, Xavier eut la surprise et la grande satisfaction de relire son ouvrage sous la forme d'un volume imprimé !

On ne pourrait donner sur l'œuvre de Xavier de Maistre, une appréciation plus concise et plus juste que celle de MM. Joseph Bédier et Paul Hazard dans leur « *Histoire de la littérature française* » : « Xavier eut en partage, écrivent ces auteurs, l'observation fine et délicate, l'humour, une sensibilité toujours distinguée : toutes qualités aimables, dont se pare ce charmant *Voyage autour de ma chambre* qui a fondé sa réputation. Il savait jouer nonchalamment avec les idées et les sentiments et inviter le lecteur à participer lui-même à ce jeu. Il n'était pas très profond, bien qu'il ne manquât pas d'humanité ; mais dans le domaine intermédiaire entre les émotions superficielles et les passions obscures de l'âme, il était roi. »

Ne terminons pas ce bref aperçu biographique, sans épingler ce mot charmant de Xavier de Maistre, qui eut toujours une profonde admiration pour son illustre aîné, l'auteur des « *Soirées de Saint-Pétersbourg* », « *du Pape* », et des « *Considérations sur la France* » : « Mon frère et moi, nous étions comme les deux aiguilles d'une montre : il était la grande, j'étais la petite ; mais nous marquions la même heure, quoique d'une manière différente ».

R. Oppitz

VOYAGE AUTOUR DE MA CHAMBRE

(1794)

1

Qu'il est glorieux d'ouvrir une nouvelle carrière et de paraître tout à coup dans le monde savant, un livre de découvertes à la main, comme une comète inattendue étincelle dans l'espace !

Non, je ne tiendrai plus mon livre in petto ; le voilà, messieurs, lisez. J'ai entrepris et exécuté un voyage de quarante-deux jours autour de ma chambre. Les observations intéressantes que j'ai faites et le plaisir continuel que j'ai éprouvé le long du chemin, me faisaient désirer de le rendre public ; la certitude d'être utile m'y a décidé. Mon cœur éprouve une satisfaction inexprimable lorsque je pense au nombre infini de malheureux auxquels j'offre une ressource assurée contre l'ennui, et un adoucissement aux maux qu'ils endurent. Le plaisir qu'on trouve à voyager dans sa chambre est à l'abri de la jalousie inquiète des hommes ; il est indépendant de la fortune.

Est-il en effet d'être assez malheureux, assez abandonné, pour n'avoir pas de réduit où il puisse se retirer et se cacher à tout le monde ? Voilà tous les apprêts du voyage.

Je suis sûr que tout homme sensé adoptera mon système, de quelque caractère qu'il puisse être, et quel que soit son tempérament ; qu'il soit avare ou prodigue, riche ou pauvre, jeune ou vieux, né sous la zone torride ou près du pôle, il peut voyager comme moi ; enfin, dans l'immense famille des hommes qui fourmillent sur la surface de la terre, il n'en est pas un seul, – non, pas un seul (j'entends de ceux qui habitent des chambres) qui puisse, après avoir lu ce livre, refuser son approbation à la nouvelle manière de voyager que j'introduis dans le monde.

2

Je pourrais commencer l'éloge de mon voyage par dire qu'il ne m'a rien coûté ; cet article mérite attention. Le voilà d'abord prôné, fêté par les gens d'une fortune médiocre ; il est une autre classe d'hommes auprès de laquelle il est encore plus sûr d'un heureux succès, par cette même raison qu'il ne coûte rien. – Auprès de qui donc ? Eh quoi ! vous le demandez ? C'est auprès des gens riches. D'ailleurs, de quelle ressource cette manière de voyager n'est-elle pas pour les malades ! ils n'auront point à craindre l'intempérie de l'air et des saisons. – Pour les poltrons, ils seront à l'abri des voleurs ; ils ne rencontreront ni précipices ni fondrières. Des milliers de personnes qui avant moi n'avaient point osé, d'autres qui n'avaient pu, d'autres enfin qui n'avaient point songé à voyager, vont s'y résoudre à mon exemple. L'être le plus indolent hésiterait-il à se mettre en route avec moi pour se procurer un plaisir qui ne lui coûtera ni peine ni argent ? – Courage donc, partons. – Suivez-moi, vous tous qu'une mortification de l'amour, une négligence de l'amitié, retiennent dans votre appartement, loin de la petitesse et de la perfidie des hommes. Que tous les malheureux, les malades et les ennuyés de l'univers me suivent ! Que tous les paresseux se lèvent en *masse* ! Et vous qui roulez dans votre esprit des projets sinistres de réforme ou de retraite pour quelque infidélité ; vous qui, dans un boudoir, renoncez au monde pour la vie, aimables anachorètes d'une soirée, venez aussi : quittez, croyez-moi, ces noires idées ; vous perdez un instant pour le plaisir sans en gagner un pour la sagesse : daignez m'accompagner dans mon voyage ; nous marcherons à petites journées, en riant, le long du chemin, des voyageurs qui ont vu Rome et Paris ; – aucun obstacle ne pourra nous arrêter ; et, nous livrant gaiement à notre imagination, nous la suivrons partout où il lui plaira de nous conduire.

3

Il y a tant de personnes curieuses dans le monde ! – Je suis persuadé qu'on voudrait savoir pourquoi mon voyage autour de ma chambre a duré quarante-deux jours au lieu de quarante-trois, ou de tout autre espace de temps ; mais comment l'apprendrais-je au lecteur, puisque je l'ignore moi-même ? Tout ce que je puis assurer, c'est que, si l'ouvrage est trop long à son gré, il n'a pas dépendu de moi de le rendre plus court ; toute vanité de voyageur à part, je me serais contenté d'un chapitre. J'étais, il est vrai dans ma chambre, avec tout le plaisir et l'agrément possibles ; mais, hélas ! je n'étais pas le maître d'en sortir à ma volonté ; je crois même que sans l'entremise de certaines personnes puissantes qui s'intéressaient à moi, et pour lesquelles ma reconnaissance n'est pas éteinte, j'aurais eu tout le temps de mettre un *in-folio* au jour, tant les protecteurs qui me faisaient voyager dans ma chambre étaient disposés en ma faveur !

Et cependant, lecteur raisonnable, voyez combien ces

hommes avaient tort, et saisissez bien, si vous le pouvez, la logique que je vais vous exposer.

Est-il rien de plus naturel et de plus juste que de se couper la gorge avec quelqu'un qui vous marche sur le pied par inadvertance, ou bien qui laisse échapper quelque terme piquant dans un moment de dépit, dont votre imprudence est la cause, ou bien enfin qui a le malheur de plaire à votre maîtresse ?

On va dans un pré, et là, comme Nicole faisait avec le Bourgeois Gentilhomme, on essaye de tirer quarte lorsqu'il pare tierce ; et, pour que la vengeance soit sûre et complète, on lui présente sa poitrine découverte, et on court risque de se faire tuer par son ennemi pour se venger de lui. – On voit que rien n'est plus conséquent, et toutefois on trouve des gens qui désapprouvent cette louable coutume ! Mais ce qui est aussi conséquent que tout le reste, c'est que ces mêmes personnes qui la désapprouvent et qui veulent qu'on la regarde comme une faute grave, traiteraient encore plus mal celui qui refuserait de la commettre. Plus d'un malheureux, pour se conformer à leur avis, a perdu sa réputation et son emploi ; en sorte que lorsqu'on a le malheur d'avoir ce qu'on appelle une affaire, on ne ferait pas mal de tirer au sort pour savoir si on doit la finir suivant les lois ou suivant l'usage, et comme les lois et l'usage sont contradictoires, les juges pourraient aussi jouer leur sentence aux dés. – Et probablement aussi c'est à une décision de ce genre qu'il faut recourir pour expliquer pourquoi et comment mon voyage a duré quarante-deux jours juste.

4

Ma chambre est située sous le quarante-cinquième degré de latitude, selon les mesures du père Beccaria ; sa direction est du levant au couchant ; elle forme un carré long qui a trente-six pas de tour, en rasant la muraille de bien près. Mon voyage en contiendra cependant davantage ; car je traverserai souvent en long et en large, ou bien diagonalement, sans suivre de règle ni de méthode. – Je ferai même des zigzags, et je parcourrai toutes les lignes possibles en géométrie si le besoin l'exige. Je n'aime pas les gens qui sont si fort les maîtres de leurs pas et de leurs idées, qui disent : « Aujourd'hui je ferai trois visites, j'écrirai quatre lettres, je finirai cet ouvrage que j'ai commencé ». – Mon âme est tellement ouverte à toutes sortes d'idées, de goûts et de sentiments ; elle reçoit si avidement tout ce qui se présente !... – Et pourquoi refuserait-elle les jouissances qui sont éparses sur le chemin si difficile de la vie ? Elles sont si rares, si clair-semées, qu'il faudrait être fou pour ne pas s'arrêter, se détourner même de son chemin, pour cueillir toutes celles qui sont à notre portée. Il n'en est pas de plus attrayante, selon moi, que de suivre ses idées à la piste, comme le chasseur poursuit le gibier, sans affecter de tenir aucune route. Aussi, lorsque je voyage dans ma chambre, je parcours rarement une ligne droite : je vais de ma table vers un tableau qui est placé dans un coin ; de là je pars obliquement pour aller à la porte ; mais, quoique en partant mon intention soit bien de m'y rendre, si je rencontre mon fauteuil en chemin, je ne fais pas de façons, et je m'y arrange tout de suite. – C'est un excellent meuble qu'un fauteuil ; il est surtout de la dernière utilité pour tout homme méditatif. Dans les longues soirées d'hiver, il est quelquefois doux et toujours prudent de s'y étendre mollement, loin du fracas des assemblées nombreuses. – Un bon feu, des livres, des plumes, que de ressources contre l'ennui ! Et quel plaisir encore d'oublier ses livres et ses plumes pour tisonner son feu, en se livrant à quelque douce méditation, ou en arrangeant quelques rimes pour égayer ses amis ! Les heures glissent alors sur vous, et tombent en silence dans l'éternité, sans vous faire sentir leur triste passage.

5

Après mon fauteuil, en marchant vers le nord, on découvre mon lit, qui est placé au fond de ma chambre, et qui forme la plus agréable perspective. Il est situé de la manière la plus heureuse : les premiers rayons du soleil viennent se jouer dans mes rideaux. – Je les vois, dans les beaux jours d'été, s'avancer le long de la muraille blanche, à mesure que le soleil s'élève : les ormes qui sont devant ma fenêtre les divisent de mille manières, et les font balancer sur mon lit, couleur de rose et blanc, qui répand de tous côtés une teinte charmante par leur réflexion. – J'entends le gazouillement confus des hirondelles qui se sont emparées du toit de la maison, et des autres oiseaux qui habitent les ormes : alors mille idées riantes occupent mon esprit ; et, dans l'univers entier, personne n'a un réveil aussi agréable, aussi paisible que le mien.

J'avoue que j'aime à jouir de ces doux instants, et que je prolonge toujours, autant qu'il est possible, le plaisir que je trouve à méditer dans la douce chaleur de mon lit. Est-il un théâtre qui prête plus à l'imagination, qui réveille de plus tendres idées, que le meuble où je m'oublie quelquefois ? – Lecteur modeste, ne vous effrayez point ; – mais ne pourrais-je donc parler du bonheur d'un amant qui serre pour la première fois dans ses bras une épouse vertueuse ? plaisir ineffable, que mon mauvais destin me condamne à ne jamais goûter ! N'est-ce pas dans un lit qu'une mère, ivre de joie à la naissance d'un fils, oublie ses douleurs ? C'est là que les plaisirs fantastiques, fruits de l'imagination et de l'espérance, viennent nous agiter. – Enfin, c'est dans ce meuble délicieux que nous oublions, pendant une moitié de la vie, les chagrins de l'autre moitié. Mais quelle foule de pensées agréables et tristes se pressent à la fois dans mon cerveau ! Mélange étonnant de situations terribles et délicieuses !

Un lit nous voit naître et nous voit mourir ; c'est le théâtre variable où le genre humain joue tour à tour des drames intéressants, des farces risibles et des tragédies épouvantables. – C'est un berceau garni de fleurs ; – c'est le trône de l'amour ; – c'est un sépulcre.

6

Ce chapitre n'est absolument que pour les métaphysiciens. Il va jeter le plus grand jour sur la nature de l'homme ; c'est le prisme avec lequel on pourra analyser et décomposer les facultés de l'homme, en séparant la puissance animale des rayons purs de l'intelligence.

Il me serait impossible d'expliquer comment et pourquoi je me brûlai les doigts aux premiers pas que je fis en commençant mon voyage, sans expliquer, dans le plus grand détail, au lecteur, mon système *de l'âme et de la bête*. – Cette découverte métaphysique influe tellement sur mes idées et sur mes actions, qu'il serait très difficile de comprendre ce livre, si je n'en donnais la clef au commencement.

Je me suis aperçu, par diverses observations, que l'homme est composé d'une âme et d'une bête. – Ces deux êtres sont absolument distincts, mais tellement emboîtés l'un dans l'autre, ou l'un sur l'autre, qu'il faut que l'âme ait une certaine supériorité sur la bête pour être en état d'en faire la distinction.

Je tiens d'un vieux professeur (c'est du plus loin qu'il me souvienne) que Platon appelait la matière *l'autre*. C'est fort bien ; mais j'aimerais mieux donner ce nom par excellence à la bête qui est jointe à notre âme. C'est réellement cette substance qui est *l'autre*, et qui nous lutine d'une manière si étrange. On s'aperçoit bien en gros que l'homme est double, mais c'est, dit-on, parce qu'il est composé d'une âme et d'un corps ; et l'on accuse ce corps de je ne sais combien de choses, mais bien mal à propos assurément, puisqu'il est aussi incapable de sentir que de penser. C'est à la, bête qu'il faut s'en prendre, à cet être sensible, parfaitement distinct de l'âme, véritable *individu*, qui a son existence séparée, ses goûts, ses inclinations, sa volonté, et qui n'est au-dessus des autres animaux que parce qu'il est mieux élevé et pourvu d'organes plus parfaits.

Messieurs et mesdames, soyez fiers de votre intelligence tant qu'il vous plaira ; mais défiez-vous beaucoup de *l'autre* surtout quand vous êtes ensemble !

J'ai fait je ne sais combien d'expériences sur l'union de ces deux créatures hétérogènes. Par exemple, j'ai reconnu clairement que l'âme peut se faire obéir par la bête, et que, par un fâcheux retour, celle-ci oblige très souvent l'âme d'agir contre son gré. Dans les règles, l'une a le pouvoir législatif, et l'autre le pouvoir exécutif ; mais ces deux pouvoirs se contrarient souvent. – Le grand art d'un homme de génie est de savoir bien élever sa bête, afin qu'elle puisse aller seule, tandis que l'âme, délivrée de cette pénible accointance, peut s'élever jusqu'au ciel.

Mais il faut éclaircir ceci par un exemple.

Lorsque vous lisez un livre, monsieur, et qu'une idée plus agréable entre tout à coup dans votre imagination, votre âme s'y attache tout de suite et oublie le livre, tandis que vos yeux suivent machinalement les mots et les lignes ; vous achevez la page sans la comprendre et sans vous souvenir de ce que vous avez lu. – Cela vient de ce que votre âme, ayant ordonné à sa compagne de lui faire la lecture, ne l'a point avertie de la petite absence qu'elle allait faire ; en sorte que *l'autre* continuait la lecture que votre âme n'écoutait plus.

7

Cela ne vous paraît-il pas clair ? voici un autre exemple :

Un jour de l'été passé, je m'acheminai pour aller à la cour. J'avais peint toute la matinée, et mon âme, se plaisant à méditer sur la peinture, laissa le soin à la bête de me transporter au palais du roi.

Que la peinture est un art sublime ! pensait mon âme ; heureux celui que le spectacle de la nature a touché, qui n'est pas obligé de faire des tableaux pour vivre, qui ne peint pas uniquement par passe-temps, mais qui, frappé de la majesté d'une belle physionomie et des jeux admirables de la lumière qui se fond en mille teintes sur le visage humain, tâche d'approcher dans ses ouvrages des effets sublimes de la nature ! Heureux encore le peintre que l'amour du paysage entraîne dans des promenades solitaires, qui sait exprimer sur la toile le sentiment de tristesse que lui inspire un bois sombre ou une campagne déserte ! Ses productions imitent et reproduisent la nature ; il crée des mers nouvelles et de noires cavernes inconnues au soleil : à son ordre, de verts bocages sortent du néant, l'azur du ciel se réfléchit dans ses tableaux ; il connaît l'art de troubler les airs et de faire mugir les tempêtes. D'autres fois il offre à l'œil du spectateur enchanté les campagnes délicieuses de l'antique Sicile : on voit des nymphes éperdues fuyant, à travers les roseaux, la poursuite d'un satyre ; des temples d'une architecture majestueuse élèvent leur front superbe par-dessus la forêt sacrée qui les entoure ; l'imagination se perd dans les routes silencieuses de ce pays idéal ; des lointains bleuâtres se confondent avec le ciel, et le paysage entier, se répétant dans les eaux d'un fleuve tran-quille, forme un spectacle qu'aucune langue ne peut décrire. – Pendant que mon âme faisait ses réflexions, *l'autre* allait son train, et Dieu sait où elle allait ! – Au lieu de se rendre à la cour, comme elle en avait reçu l'ordre, elle dériva tellement sur la gauche, qu'au moment où mon âme la rattrapa, elle était à la porte de madame *de Hautcastel*, à un demi-mille du palais royal.

Je laisse à penser au lecteur ce qui serait arrivé si elle était entrée toute seule chez une aussi belle dame.

8

S'il est utile et agréable d'avoir une âme dégagée de la matière au point de la faire voyager toute seule lorsqu'on le juge à propos, cette faculté a aussi ses inconvénients. C'est à elle, par exemple, que je dois la brûlure dont j'ai parlé dans les chapitres précédents. – Je donne ordinairement à ma bête le soin des apprêts de mon déjeuner ; c'est elle qui fait griller mon pain et le coupe en tranches. Elle fait à merveille le café, et le prend même très souvent sans que mon âme s'en mêle, à moins que celle-ci ne s'amuse à la voir travailler ; mais cela est rare et très difficile à exécuter : car il est aisé, lorsqu'on fait quelque opération mécanique, de penser à toute autre chose ; mais il est extrêmement difficile de se regarder agir, pour ainsi dire ; – ou, pour m'expliquer suivant mon système, d'employer son âme à examiner la marche de sa bête, et de la voir travailler sans y prendre part. – Voilà le plus étonnant tour de force métaphysique que l'homme puisse exécuter.

J'avais couché mes pincettes sur la braise pour faire griller mon pain ; et, quelque temps après, tandis que mon âme voyageait, voilà qu'une souche enflammée roule sur le foyer : – ma pauvre bête porta la main aux pincettes, et je me brûlai les doigts.

9

J'espère avoir suffisamment développé mes idées dans les chapitres précédents pour donner à penser au lecteur, et pour le mettre à même de faire des découvertes dans cette brillante carrière ; il ne pourra qu'être satisfait de lui, s'il parvient un jour à savoir faire voyager son âme toute seule ; les plaisirs que cette faculté lui procurera balanceront du reste les *quiproquo* qui pourront en résulter. Est-il une jouissance plus flatteuse que celle d'étendre ainsi son existence, d'occuper à la fois la terre et les cieux, et de doubler, pour ainsi dire, son être ? – Le désir éternel et jamais satisfait de l'homme n'est-il pas d'augmenter sa puissance et ses facultés, de vouloir être où il n'est pas, de rappeler le passé et de vivre dans l'avenir ? – Il veut commander aux armées, présider aux académies ; il veut être adoré des belles, et, s'il possède tout cela, il regrette alors les champs et la tranquillité, et porte envie à la cabane des bergers : ses projets, ses espérances échouent sans cesse contre les malheurs réels attachés à la nature humaine ; il ne saurait trouver le bonheur. Un quart d'heure de voyage avec moi lui en montrera le chemin.

Eh ! que ne laisse-t-il à *l'autre* ces misérables soins, cette ambition qui le tourmente ? – Viens, pauvre malheureux ! fais un effort pour rompre ta prison, et, du haut du ciel où je vais te conduire, du milieu des orbes célestes et de l'empyrée, – regarde la bête, lancée dans le monde, courir toute seule la carrière de la fortune et des honneurs ; vois avec quelle gravité elle marche parmi les hommes : la foule s'écarte avec respect, et, crois-moi, personne ne s'apercevra qu'elle est toute seule ; c'est le moindre souci de la cohue au milieu de laquelle elle se promène, de savoir si elle a une âme ou non, si elle pense ou non. – Mille femmes sentimentales l'aimeront à la fureur sans s'en apercevoir ; elle peut même s'élever, sans le secours de ton âme, à la plus haute faveur et à la plus grande fortune. – Enfin, je ne m'étonnerais nullement si, à notre retour de l'empyrée, ton âme, en rentrant chez elle, se trouvait dans la bête d'un grand seigneur.

10

Qu'on n'aille pas croire qu'au lieu de tenir ma parole en donnant la description de mon voyage autour de ma chambre, je bats la campagne pour me tirer d'affaire : on se tromperait fort, car mon voyage continue réellement ; et pendant que mon âme, se repliant sur elle-même, parcourait dans le chapitre précédent les détours tortueux de la métaphysique, – j'étais dans mon fauteuil, sur lequel je m'étais renversé, de manière que ses deux pieds antérieurs étaient élevés à deux pouces de terre ; et tout en me balançant à droite et à gauche, et gagnant du terrain, j'étais insensiblement parvenu tout près de la muraille. – C'est la manière dont je voyage lorsque je ne suis pas pressé. – Là, ma main s'était emparée machinalement du portrait de Mme de *Hautcastel*, et l'autre s'amusait à ôter la poussière qui le couvrait. – Cette occupation lui donnait un plaisir tranquille, et ce plaisir se faisait sentir à mon âme, quoiqu'elle fût perdue dans les vastes plaines du ciel ; car il est bon d'observer que, lorsque l'esprit voyage ainsi dans l'espace, il tient toujours aux sens par je ne sais quel lien secret ; en sorte que, sans se déranger de ses occupations, il peut prendre part aux jouissances paisibles de *l'autre* ; mais si ce plaisir augmente à un certain point, ou si elle est frappée par quelque spectacle inattendu, l'âme aussitôt reprend sa place avec la vitesse de l'éclair.

C'est ce qui m'arriva tandis que je nettoyais le portrait.

A mesure que le linge enlevait la poussière et faisait paraître les boucles de cheveux blonds et la guirlande de roses dont ils sont couronnés, mon âme, depuis le soleil où elle s'était transportée, sentit un léger frémissement de cœur et partagea sympathiquement la jouissance de mon cœur. Cette jouissance devint moins confuse et plus vive lorsque le linge, d'un seul coup, découvrit le front éclatant de cette charmante physionomie ; mon âme fut sur le point de quitter les cieux pour jouir du spectacle. Mais se fût-elle trouvée dans les Champs-Elysées, eût-elle assisté à un concert de chérubins, elle n'y serait pas demeurée une demi-seconde, lorsque sa compagne, prenant toujours plus d'intérêt à son ouvrage, s'avisa de saisir une éponge mouillée qu'on lui présentait et de la passer tout à coup sur les sourcils et les yeux, – sur le nez, – sur les joues, – sur cette bouche ; – ah ! Dieu ! le cœur me bat – sur le menton, sur le sein : ce fut l'affaire d'un moment ; toute la figure parut renaître et sortir du néant. – Mon âme se précipita du ciel comme une étoile tombante ; elle trouva *l'autre* dans une extase ravissante, et parvint à l'augmenter en la partageant. Cette situation singulière et imprévue fit disparaître le temps et l'espace pour moi. – J'existai pour un instant dans le passé et je rajeunis, contre l'ordre de la nature. – Oui, la voilà, cette femme adorée, c'est elle-même, je la vois qui sourit ; elle va parler pour dire qu'elle m'aime. – Quel regard ! viens, que je te serre contre mon cœur, âme de ma vie, ma seconde existence ! viens partager mon ivresse et mon bonheur ! – Ce moment fut court, mais il fut ravissant : la froide raison reprit bientôt son empire, et, dans l'espace d'un clin d'œil, je vieillis d'une année entière : – mon cœur devint froid, glacé et je me trouvai de nouveau avec la foule des indifférents qui pèsent sur le globe.

11

Il ne faut pas anticiper sur les événements ; l'empresse-
ment de communiquer au lecteur mon système de l'âme
et de la bête m'a fait abandonner la description de mon lit
plus tôt que je ne devais ; lorsque je l'aurai terminée, je
reprendrai mon voyage à l'endroit où je l'ai interrompu
dans le chapitre précédent. – Je vous prie seulement de
vous ressouvenir que nous avons laissé *la moitié de moi-
même*, tenant le portrait de Mme de *Hautcastel*, tout près
de la muraille, à quatre pas de mon bureau. J'avais
oublié, en parlant de mon lit, de conseiller à tout homme
qui le pourra d'avoir un lit de couleur rose et blanc : il est
certain que les couleurs influent sur nous au point de
nous égayer ou de nous attrister suivant leurs nuances. –
Le rose et le blanc sont deux couleurs consacrées au
plaisir et à la félicité. – La nature, en les donnant à la
rose, lui a donné la couronne de l'empire de Flore ; et
lorsque le ciel veut annoncer une belle journée au monde,

il colore les nues de cette teinte charmante au lever du soleil.

Un jour nous montions avec peine le long d'un sentier rapide : l'aimable Rosalie était en avant ; son agilité lui donnait des ailes : nous ne pouvions la suivre. – Tout à coup, arrivée au sommet d'un tertre, elle se tourna vers nous pour reprendre haleine, et sourit à notre lenteur. – Jamais peut-être les deux couleurs dont je fais l'éloge n'avaient ainsi triomphé. – Ses joues enflammées, ses lèvres de corail, ses dents brillantes, son cou d'albâtre, sur un fond de verdure, frappèrent tous les regards. Il fallut nous arrêter pour la contempler : je ne dis rien de ses yeux bleus, ni du regard qu'elle jeta sur nous, parce que je sortirais de mon sujet, et que d'ailleurs je n'y pense jamais que le moins qu'il m'est possible. Il me suffit d'avoir donné le plus bel exemple imaginable de la supériorité de ces deux couleurs sur toutes les autres, et de leur influence sur le bonheur des hommes.

Je n'irai pas plus avant aujourd'hui. Quel sujet pourrais-je traiter qui ne fût insipide ? Quelle idée n'est pas effacée par cette idée ? – Je ne sais même quand je pourrai me remettre à l'ouvrage. – Si je le continue, et que le lecteur désire en voir la fin, qu'il s'adresse à l'ange distributeur des pensées, et qu'il le prie de ne plus mêler l'image de ce tertre parmi la foule de pensées décousues qu'il me jette à tout instant.

Sans cette précaution, c'en est fait de mon voyage.

12
_____

………… . LE TERTRE ……… … .

13

_____

Les efforts sont vains ; il faut remettre la partie et séjourner ici malgré moi : c'est une étape militaire

14

___

J'ai dit que j'aimais singulièrement à méditer dans la douce chaleur de mon lit et que sa couleur agréable contribue beaucoup au plaisir que j'y trouve.

Pour me procurer ce plaisir mon domestique a reçu l'ordre d'entrer dans ma chambre une demi-heure avant celle où j'ai résolu de me lever.

Je l'entends marcher légèrement et *tripoter* dans ma chambre avec discrétion, et ce bruit me donne l'agrément de me sentir sommeiller : plaisir délicat et inconnu de bien des gens.

On est assez éveillé pour s'apercevoir qu'on ne l'est pas tout à fait et pour calculer confusément que l'heure des affaires et des ennuis est encore dans le sablier du temps. Insensiblement mon homme devient plus bruyant ; il est si difficile de se contraindre ! d'ailleurs il sait que l'heure fatale approche. – Il regarde à ma montre, et fait sonner les breloques pour m'avertir ; mais je fais la sourde oreille ; et pour allonger encore cette heure charmante, il n'est sorte de chicane que je ne fasse à ce pauvre malheureux. J'ai cent ordres préliminaires à lui donner pour gagner du temps. Il sait fort bien que ces ordres, que je lui donne d'assez mauvaise humeur, ne sont que des prétextes pour rester au lit sans paraître le désirer. Il ne fait pas semblant de s'en apercevoir, et je lui en suis vraiment reconnaissant.

Enfin, lorsque j'ai épuisé toutes mes ressources, il s'avance au milieu de la chambre, et se plante là, les bras croisés, dans la plus parfaite immobilité.

On m'avouera qu'il n'est pas possible de désapprouver ma pensée avec plus d'esprit et de discrétion : aussi je ne résiste jamais à cette invitation tacite ; j'étends les bras pour lui témoigner que j'ai compris, et me voilà assis.

Si le lecteur réfléchit sur la conduite de mon domestique, il pourra se convaincre que, dans certaines affaires délicates, du genre de celle-ci, la simplicité et le bon sens valent infiniment mieux que l'esprit le plus adroit. J'ose assurer que le discours le plus étudié sur les inconvénients de la parole ne me déciderait pas à sortir aussi promptement de mon lit que le reproche muet de M. *Joannetti*.

C'est un parfait honnête homme que M. *Joannetti*, et en même temps celui de tous les hommes qui convenait le plus à un voyageur comme moi. Il est accoutumé aux fréquents voyages de mon âme, et ne rit jamais des inconséquences de *l'autre* ; il la dirige même quelquefois lorsqu'elle est conduite par deux âmes ; lorsqu'elle s'habille, par exemple, il m'avertit par un signe qu'elle est sur le point de mettre ses bas à l'envers ou son habit avant sa veste. – Mon âme s'est souvent amusée à voir le pauvre *Joannetti* courir après la folle sous les berceaux de la citadelle, pour l'avertir qu'elle avait oublié son chapeau ; – une autre fois son mouchoir.

Un jour (l'avouerai-je ?) sans ce fidèle domestique qui la rattrapa au bas de l'escalier, l'étourdie s'acheminait vers la cour sans épée, aussi hardiment que le grand maître des cérémonies portant l'auguste baguette.

15

« Tiens, *Joannetti*, lui dis-je, raccroche ce portrait. » Il m'avait aidé à le nettoyer, et ne se doutait non plus de tout ce qui a produit le chapitre du portrait que de ce qui se passe dans la lune. C'était lui qui de son propre mouvement m'avait présenté l'éponge mouillée, et qui, par cette démarche, en apparence indifférente, avait fait parcourir à mon âme cent millions de lieues en un instant. Au lieu de le remettre à sa place, il le tenait pour l'essuyer à son tour. – Une difficulté, un problème à résoudre, lui donnait un air de curiosité que je remarquai. « Voyons, lui dis-je, que trouves-tu à redire à ce portrait ? – Oh ! rien, monsieur. – Mais encore ? » Il le posa debout sur une des tablettes de mon bureau ; puis s'éloignant de quelques pas : « Je voudrais, dit-il, que Monsieur m'expliquât pourquoi ce portrait me regarde toujours, quel que soit l'endroit de la chambre où je me trouve. Le matin, lorsque je fais le lit, sa figure se tourne vers moi, et si je vais à la fenêtre, elle me regarde encore et me suit des yeux en chemin. – En sorte, *Joannetti*, lui dis-je, que si ma chambre était pleine de monde, cette belle dame lorgnerait de tout côté et tout le monde à la fois ? – Oh ! oui, monsieur. – Elle sourirait aux allants et aux venants tout comme à moi ? » *Joannetti* ne répondit rien. – Je m'étendis dans mon fauteuil, et baissant la tête, je me livrai aux méditations les plus sérieuses. – Quel trait de lumière ! Pauvre amant ! tandis que tu te morfonds loin de ta maîtresse, auprès de laquelle tu es peut-être déjà remplacé, tandis que tu fixes avidement tes yeux sur son portrait et que tu t'imagines (au moins en peinture) être le seul regardé, la perfide effigie, aussi infidèle que l'original, porte ses regards sur tout ce qui l'entoure, et sourit à tout le monde.

Voilà une ressemblance morale entre certains portraits et leur modèle, qu'aucun philosophe, aucun peintre, aucun observateur n'avait encore aperçue.

Je marche de découvertes en découvertes.

16

Joannetti était toujours dans la même attitude en attendant l'explication qu'il m'avait demandée. Je sortis la
tête des plis de mon *habit de voyage*, où je l'avais
enfoncée pour méditer à mon aise et pour me remettre
des tristes réflexions que je venais de faire. « Ne vois-tu
pas, *Joannetti*, lui dis-je après un moment de silence, et
tournant mon fauteuil de son côté, ne vois-tu pas qu'un
tableau étant une surface plane, les rayons de lumière qui
partent de chaque point de cette surface… ? » *Joannetti*,
à cette explication, ouvrit tellement les yeux, qu'il en
laissait voir la prunelle tout entière ; il avait en outre la
bouche entr'ouverte : ces deux mouvements dans la
figure humaine annoncent, selon le fameux Le Brun, la
dernière période de l'étonnement. C'était ma bête, sans
doute, qui avait entrepris une semblable dissertation ;
mon âme savait du reste que *Joannetti* ignore complètement ce que c'est qu'une surface plane, et encore plus ce
que sont des rayons de lumière : la prodigieuse dilatation

de ses paupières m'ayant fait rentrer en moi-même, je me remis la tête dans le collet de mon habit de voyage, et je l'y enfonçai tellement que je parvins à la cacher presque tout entière.

Je résolus de dîner en cet endroit : la matinée était fort avancée, et un pas de plus dans ma chambre aurait porté mon dîner à la nuit. Je me glissai jusqu'au bord de mon fauteuil, et, mettant les deux pieds sur la cheminée, j'attendis patiemment le repas. – C'est une attitude délicieuse que celle-là : il serait, je crois, bien difficile d'en trouver une autre qui réunît autant d'avantages, et qui fût aussi commode pour les séjours inévitables dans un long voyage.

Rosine, ma chienne fidèle, ne manque jamais de venir alors tirailler les basques de mon habit de voyage, pour que je la prenne sur moi ; elle y trouve un lit tout arrangé et fort commode, au sommet de l'angle que forment les deux parties de mon corps : un V consonne représente à merveille ma situation. *Rosine* s'élance sur moi, si je ne la prends pas assez tôt à son gré. Je la trouve souvent là sans savoir comment elle y est venue. Mes mains s'arrangent d'elles-mêmes de la manière la plus favorable à son bien-être, soit qu'il y ait une sympathie entre cette aimable bête et la mienne, soit que le hasard seul en décide ; – mais je ne crois point au hasard, à ce triste système, – à ce mot qui ne signifie rien. – Je croirais plutôt au magnétisme ; – je croirais plutôt au martinisme. – Non, je n'y croirai jamais.

Il y a une telle réalité dans les rapports qui existent entre ces deux animaux, que lorsque je mets les deux pieds sur la cheminée, par pure distraction, lorsque l'heure du dîner est encore éloignée, et que je ne pense nullement à prendre *l'étape*, toutefois, *Rosine*, présente à ce mouvement, trahit le plaisir qu'elle éprouve en remuant légèrement la queue ; la discrétion la retient à sa place, et *l'autre*, qui s'en aperçoit, lui en sait gré : quoique incapables de raisonner sur la cause qui le produit, il s'établit ainsi entre elles un dialogue muet, un rapport de sensation très agréable, et qui ne saurait absolument être attribué au hasard.

17

Qu'on ne me reproche pas d'être prolixe dans les détails ; c'est la manière des voyageurs. Lorsqu'on part pour monter sur le Mont-Blanc, lorsqu'on va visiter la large ouverture du tombeau *d'Empédocle*, on ne manque jamais de décrire exactement les moindres circonstances : le nombre des personnes, celui des mulets, la qualité des provisions, l'excellent appétit des voyageurs, tout enfin, jusqu'aux faux pas des montures, pour l'instruction de l'univers sédentaire. Sur ce principe, j'ai résolu de parler de ma chère *Rosine*, aimable animal que j'aime d'une véritable affection, et de lui consacrer un chapitre tout entier.

Depuis six ans que nous vivons ensemble, il n'y a pas eu le moindre refroidissement entre nous, ou, s'il est élevés entre elle et moi quelques petites altercations, j'avoue de bonne foi que le plus grand tort a toujours été de mon côté, et que *Rosine* a toujours fait les premiers pas vers la réconciliation.

Le soir, lorsqu'elle a été grondée, elle se retire tristement et sans murmurer : le lendemain, à la pointe du jour, elle est auprès de mon lit, dans une attitude respectueuse ; et, au moindre mouvement de son maître, au moindre signe de réveil, elle annonce sa présence par les battements précipités de sa queue sur ma table de nuit.

Et pourquoi refuserais-je mon affection à cet être caressant qui n'a jamais cessé de m'aimer depuis l'époque où nous avons commencé de vivre ensemble ? Ma mémoire ne suffirait pas à faire l'énumération des personnes qui se sont intéressées à moi et qui m'ont oublié. J'ai eu quelques amis, plusieurs maîtresses, une foule de liaisons, encore plus de connaissances ; – et maintenant je ne suis plus rien pour tout ce monde, qui a oublié jusqu'à mon nom.

Que de protestations, que d'offres de services ! Je pouvais compter sur leur fortune, sur une amitié éternelle et sans réserve !

Ma chère *Rosine*, qui ne m'a point offert de service, me rend le plus grand service qu'on puisse rendre à l'humanité : elle m'aimait jadis, et m'aime encore aujourd'hui. Aussi, je ne crains point de le dire, je l'aime avec une portion du même sentiment que j'accorde à mes amis.

Qu'on en dise ce qu'on voudra.

18

Nous avons laissé *Joannetti* dans l'attitude de l'étonnement, immobile devant moi, attendant la fin de la sublime explication que j'avais commencée.

Lorsqu'il me vit enfoncer tout à coup la tête dans ma robe de chambre, et finir ainsi mon explication, il ne douta pas un instant que je ne fusse resté court faute de bonnes raisons et de m'avoir par conséquent, terrassé par la difficulté qu'il m'avait proposée.

Malgré la supériorité qu'il en acquérait sur moi, il ne sentit pas le moindre mouvement d'orgueil, et ne chercha point à profiter de son avantage. – Après un petit moment de silence, il prit le portrait, le remit à sa place, et se retira légèrement sur la pointe du pied. – Il sentait bien que sa présence était une espèce d'humiliation pour moi, et sa délicatesse lui suggéra de se retirer sans m'en laisser apercevoir. – Sa conduite, dans cette occasion, m'intéressa vivement, et le plaça toujours plus avant dans mon cœur. Il aura sans doute une place dans celui du lecteur ; et s'il en est quelqu'un assez insensible pour la lui refuser après avoir lu le chapitre suivant, le ciel lui a sans doute donné un cœur de marbre.

19

« Morbleu : lui dis-je un jour, c'est pour la troisième fois
que je vous ordonne de m'acheter une brosse ! Quelle
tête ! quel animal ! » Il ne répondit pas un mot : il n'avait
rien répondu la veille à une pareille incartade. « *Il est si
exact !* » disais-je ; je n'y concevais rien. « Allez chercher un linge pour nettoyer mes souliers », lui dis-je en
colère. Pendant qu'il allait, je me repentais de l'avoir
ainsi brusqué. Mon courroux passa tout à fait lorsque je
vis le soin avec lequel il tâchait d'ôter la poussière de
mes souliers sans toucher à mes bas : j'appuyai ma main
sur lui en signe de réconciliation. « Quoi ! dis-je alors en
moi-même, il y a donc des hommes qui décrottent les
souliers des autres pour de l'argent ? » Ce mot *d'argent*
fut un trait de lumière qui vint m'éclairer. Je me ressou-
vins tout à coup qu'il y avait longtemps que je n'en avais
point donné à mon domestique. « *Joannetti*, lui dis-je en
retirant mon pied, avez-vous de l'argent ? » Un demi-
sourire de justification parut sur ses lèvres à cette

demande. « Non, monsieur ; il y a huit jours que je n'ai plus un sou ; j'ai dépensé tout ce qui m'appartenait pour vos petites emplettes. – Et la brosse ?

C'est sans doute pour cela ? Il sourit encore. Il aurait pu dire à son maître : « Non, je ne suis point une tête vide, un *animal*, comme vous avez eu la cruauté de le dire à votre fidèle serviteur. Payez-moi 23 livres 10 sous 4 deniers que vous me devez, et je vous achèterai votre brosse. » Il se laissa maltraiter injustement plutôt que d'exposer son maître à rougir de sa colère.

Que le ciel le bénisse ! Philosophes ! chrétiens ! avez-vous lu ?

« Tiens, *Joannetti*, tiens, lui dis-je, cours acheter la brosse. – Mais, monsieur, voulez-vous rester ainsi avec un soulier blanc et l'autre noir. – Va, te dis-je, acheter la brosse ; laisse, laisse cette poussière sur mon soulier. » Il sortit ; je pris le linge et je nettoyai délicieusement mon soulier gauche, sur lequel je laissai tomber une larme de repentir.

20

Les murs de ma chambre sont garnis d'estampes et de tableaux qui l'embellissent singulièrement. Je voudrais de tout mon cœur les faire examiner au lecteur les uns après les autres, pour l'amuser et le distraire le long du chemin que nous devons encore parcourir pour arriver à mon bureau ; mais il est aussi impossible d'expliquer clairement un tableau que de faire un portrait ressemblant d'après une description.

Quelle émotion n'éprouverait-il pas, par exemple, en contemplant la première estampe qui se présente aux regards ! – Il y verrait la malheureuse *Charlotte*, essuyant lentement et d'une main tremblante les pistolets *d'Albert*. – De noirs pressentiments et toutes les angoisses de l'amour sans espoir et sans consolation sont empreints sur sa physionomie, tandis que le froid *Albert*, entouré de sacs de procès et de vieux papiers de toute espèce, se tourne froidement pour souhaiter un bon voyage à son ami.

Combien de fois n'ai-je pas été tenté de briser la glace qui couvre cette estampe, pour arracher cet *Albert* de sa table, pour le mettre en pièces, le fouler aux pieds ! Mais il restera toujours trop *d'Alberts* en ce monde. Quel est l'homme sensible qui n'a pas le sien, avec lequel il est obligé de vivre, et contre lequel les épanchements de l'âme, les douces émotions du cœur et les élans de l'imagination vont se briser comme les flots sur les rochers ? Heureux celui qui trouve un ami dont le cœur et l'esprit lui conviennent ; un ami qui s'unisse à lui par une conformité de goûts, de sentiments et de connaissances ; un ami qui ne soit pas tourmenté par l'ambition ou l'intérêt ; – qui préfère l'ombre d'un arbre à la pompe d'une cour ! – Heureux celui qui possède un ami !

21

J'en avais un : la mort me l'a ôté ; elle l'a saisi au commencement de sa carrière, au moment où son amitié était devenue un besoin pressant pour mon cœur. – Nous nous soutenions mutuellement dans les travaux pénibles de la guerre ; nous n'avions qu'une pipe à nous deux ; nous buvions dans la même coupe ; nous couchions sous la même toile, et, dans les circonstances malheureuses où nous sommes, l'endroit où nous vivions ensemble était pour nous une nouvelle patrie. Je l'ai vu en butte à tous les périls de la guerre, et d'une guerre désastreuse. – La mort semblait nous épargner l'un pour l'autre : elle épuisa mille fois ses traits autour de lui sans l'atteindre ; mais c'était pour me rendre sa perte plus sensible. Le tumulte des armes, l'enthousiasme qui s'empare de l'âme à l'aspect du danger, auraient peut-être empêché ses cris d'aller jusqu'à mon cœur. – Sa mort eût été utile à son pays et funeste aux ennemis ; – je l'aurais moins regretté. – Mais le perdre au milieu des délices d'un quartier d'hiver ! le voir expirer dans mes bras au moment où il paraissait regorger de santé ; au moment où notre liaison se resserrait encore dans le repos et la tranquillité ! – Ah ! je ne m'en consolerai jamais ! Cependant sa mémoire ne vit plus que dans mon cœur : elle n'existe plus parmi ceux qui l'ont remplacé ; cette idée me rend plus pénible le sentiment de sa perte. La nature, indifférente de même au sort des individus, remet sa robe brillante du printemps et se pare de toute sa beauté autour du cimetière où il repose. Les arbres se couvrent de feuilles et entrelacent leurs branches ; les oiseaux chantent sous le feuillage ; les mouches bourdonnent parmi les fleurs ; tout respire la joie et la vie dans le séjour de la mort : – et le soir, tandis que la lune

brille dans le ciel et que je médite près de ce triste lieu, j'entends le grillon poursuivre gaiement son chant infatigable, caché sous l'herbe qui couvre la tombe silencieuse de mon ami. La destruction insensible des êtres et tous les malheurs de l'humanité sont comptés pour rien dans le grand tout. – La mort d'un homme sensible qui expire au milieu de ses amis désolés, et celle d'un papillon que l'air froid du matin fait périr dans le calice d'une fleur, sont deux époques semblables dans le cours de la nature. L'homme n'est rien qu'un fantôme, une ombre, une vapeur qui se dissipe dans les airs…

Mais l'aube matinale commence à blanchir le ciel ; les noires idées qui m'agitaient s'évanouissent avec la nuit, et l'espérance renaît dans mon cœur. – Non, celui qui inonde ainsi l'orient de lumière ne l'a point fait briller à mes regards pour me plonger bientôt dans la nuit du néant. Celui qui étendit cet horizon incommensurable, celui qui éleva ces masses énormes, dont le soleil dore les sommets glacés, est aussi celui qui a ordonné à mon cœur de battre et à mon esprit de penser.

Non, mon ami n'est point entré dans le néant ; quelle que soit la barrière qui nous sépare, je le reverrai. – Ce n'est point sur un syllogisme que je fonde mes espérances. – Le vol d'un insecte qui traverse les airs suffit pour me persuader ; et souvent l'aspect de la campagne, le parfum des airs, et je ne sais quel charme répandu autour de moi, élèvent tellement mes pensées, qu'une preuve invincible de l'immortalité entre avec violence dans mon âme et l'occupe tout entière.

22

Depuis longtemps le chapitre que je viens d'écrire se présentait à ma plume, et je l'avais toujours rejeté. Je m'étais promis de ne laisser voir dans ce livre que la face riante de mon âme ; mais ce projet m'a échappé comme tant d'autres : j'espère que le lecteur sensible me pardonnera de lui avoir demandé quelques larmes ; et si quelqu'un trouve qu'*à la vérité* j'aurais pu retrancher ce triste chapitre, il peut le déchirer dans son exemplaire, ou même jeter le livre au feu.

Il me suffit que tu le trouves selon ton cœur, ma chère *Jenny*, toi, la meilleure et la plus aimée des femmes : – toi, la meilleure et la plus aimée des sœurs, c'est à toi que je dédie mon ouvrage ; s'il a ton approbation, il aura celle de tous les cœurs sensibles et délicats ; et si tu pardonnes aux folies qui m'échappent quelquefois malgré moi, je brave tous les censeurs de l'univers.

23

Je ne dirai qu'un mot de l'estampe suivante : C'est la famille du malheureux *Ugolin* expirant de faim : autour de lui, un de ses fils est étendu sans mouvement à ses pieds ; les autres lui tendent leurs bras affaiblis et lui demandent du pain, tandis que le malheureux père, appuyé contre une colonne de la prison, l'œil fixe et hagard, le visage immobile, – dans l'horrible tranquillité que donne la dernière période du désespoir, meurt à la fois de sa propre mort et de celle de tous ses enfants, et souffre tout ce que la nature humaine peut souffrir.

Brave chevalier *d'Assas*, te voilà expirant sous cent baïonnettes, par un effort de courage, par un héroïsme qu'on ne connaît plus de nos jours !

Et toi, qui pleures sous ces palmiers, malheureuse négresse ! toi qu'un barbare, qui sans doute n'était pas Anglais, a trahie et délaissée ; – que dis je ? toi qu'il a eu la cruauté de vendre comme une vile esclave malgré ton amour et tes services, malgré le fruit de sa tendresse que tu portes dans ton sein, – je ne passerai point devant ton image sans te rendre l'hommage qui est dû à ta sensibilité et à tes malheurs !

Arrêtons-nous un instant devant cet autre tableau : c'est une jeune bergère qui garde toute seule un troupeau sur le sommet des Alpes : elle est assise sur un vieux tronc de sapin renversé et blanchi par les hivers ; ses pieds sont recouverts par de larges feuilles d'une touffe de *cacalia*, dont la fleur lilas s'élève au-dessus de sa tête. La lavande, le thym, l'anémone, la centaurée, des fleurs de toute espèce, qu'on cultive avec peine dans nos serres et nos jardins, et qui naissent sur les Alpes dans toute leur beauté primitive, forment le tapis brillant sur lequel errent ses brebis. – Aimable bergère, dis-moi où se trouve l'heureux coin de la terre que tu habites ? de quelle bergerie éloignée es-tu partie ce matin au lever de l'aurore ? – Ne pourrais-je y aller vivre avec toi ? – mais, hélas ! la douce tranquillité dont tu jouis ne tardera pas à s'évanouir : le démon de la guerre, non content de désoler les cités, va bientôt porter le trouble et l'épouvante jusque dans ta retraite solitaire. Déjà les soldats s'avancent ; je les vois gravir de montagnes en montagnes et s'approcher des nues. – Le bruit du canon se fait entendre dans le séjour élevé du tonnerre. – Fuis, bergère, presse ton troupeau, cache-toi dans les antres les plus reculés et les plus sauvages : il n'est plus de repos sur cette triste terre.

24

Je ne sais comment cela m'arrive ; depuis quelque temps mes chapitres finissent toujours sur un ton sinistre. En vain je fixe en les commençant mes regards sur quelque objet agréable, – en vain je m'embarque par le calme, j'essuie bientôt une bourrasque qui me fait dériver. – Pour mettre fin à cette agitation, qui ne me laisse pas le maître de mes idées, et pour apaiser les battements de mon cœur, que tant d'images attendrissantes ont trop agité, je ne vois d'autre remède qu'une dissertation. – Oui, je veux mettre ce morceau de glace sur mon cœur.

Et cette dissertation sera sur la peinture ; car de disserter sur tout autre objet il n'y a point moyen. Je ne puis descendre tout à fait du point où j'étais monté tout à l'heure : d'ailleurs c'est le *dada* de mon oncle *Tobie*.

Je voudrais dire, en passant, quelques mots sur la question de la prééminence entre l'art charmant de la peinture et celui de la musique : oui, je veux mettre quelque chose dans la balance, ne fût-ce qu'un grain de sable, un atome.

On dit en faveur du peintre qu'il laisse quelque chose après lui ; ses tableaux lui survivent et éternisent sa mémoire.

On répond que les compositeurs en musique laissent aussi des opéras et des concerts ; – mais la musique est sujette à la mode, et la peinture ne l'est pas. – Les morceaux de musique qui attendrissaient nos aïeux sont ridicules pour les amateurs de nos jours, et on les place dans les opéras bouffons pour faire rire les neveux de ceux qu'ils faisaient pleurer autrefois.

Les tableaux de *Raphaël* enchanteront notre postérité comme ils ont ravi nos ancêtres.

Voilà mon grain de sable.

25

_____

« Mais que m'importe à moi, me dit un jour Mme de
Hautcastel, que la musique de *Cherubini* ou de *Cimarosa*
diffère de celle de leurs prédécesseurs ? – Que m'importe
que l'ancienne musique me fasse rire, pourvu que la
nouvelle m'attendrisse délicieusement ? – Est-il donc
nécessaire à mon bonheur que mes plaisirs ressemblent à
ceux de ma trisaïeule ? Que me parlez-vous de peinture ?
d'un art qui n'est goûté que par une classe très peu
nombreuse de personnes, tandis que la musique enchante
tout ce qui respire ? »

Je ne sais pas trop, dans ce moment, ce qu'on pourrait répondre à cette observation, à laquelle je ne m'atten-
dais pas en commençant ce chapitre.

Si je l'avais prévue, peut-être je n'aurais pas entrepris
cette dissertation. Et qu'on ne prenne point ceci pour un
tour de musicien. – Je ne le suis point sur mon honneur ;
– non, je ne suis pas musicien ; j'en atteste le ciel et tous
ceux qui m'ont entendu jouer du violon.

Mais, en supposant le mérite de l'art égal de part et d'autre, il ne faudrait pas se presser de conclure du mérite de l'art au mérite de l'artiste. – On voit des enfants toucher du clavecin en grands maîtres ; on n'a jamais vu un bon peintre de douze ans. La peinture, outre le goût et le sentiment, exige une tête pensante, dont les musiciens peuvent se passer. On voit tous les jours des hommes sans tête et sans cœur tirer d'un violon, d'une harpe, des sons ravissants.

On peut élever la bête humaine à toucher du clavecin ; et lorsqu'elle est élevée par un bon maître, l'âme peut voyager tout à son aise, tandis que les doigts vont machinalement tirer des sons dont elle ne se mêle nullement. – On ne saurait, au contraire, peindre la chose du monde la plus simple sans que l'âme y emploie toutes ses facultés.

Si cependant quelqu'un s'avisait de distinguer entre la musique de composition et celle d'exécution, j'avoue qu'il m'embarrasserait un peu. Hélas ! si tous les faiseurs de dissertations étaient de bonne foi, c'est ainsi qu'elles finiraient toutes. En commençant l'examen d'une question, on prend ordinairement le ton dogmatique, parce qu'on est décidé en secret, comme je l'étais réellement pour la peinture, malgré mon hypocrite impartialité ; mais la discussion réveille l'objection, – et tout finit par le doute.

Maintenant que je suis plus tranquille, je vais tâcher de parler sans émotion des deux portraits qui suivent le tableau de *la Bergère des Alpes*.

Raphaël ! ton portrait ne pouvait être peint que par toi-même. Quel autre eût osé l'entreprendre ? – Ta figure ouverte, sensible, spirituelle, annonce ton caractère et ton génie.

Pour complaire à ton ombre, j'ai placé auprès de toi le portrait de ta maîtresse, à qui tous les hommes de tous les siècles demanderont éternellement compte des ouvrages sublimes dont ta mort prématurée a privé les arts.

Lorsque j'examine le portrait de *Raphaël*, je me sens pénétré d'un respect presque religieux pour ce grand homme qui, à la fleur de l'âge, avait surpassé toute l'antiquité, dont les tableaux font l'admiration et le désespoir des artistes modernes. – Mon âme, en l'admirant, éprouve un mouvement d'indignation contre cette

Italienne qui préféra son amour à son amant, et qui éteignit dans son sein ce flambeau céleste, ce génie divin.

Malheureuse ! ne savais-tu donc pas que *Raphaël* avait annoncé un tableau supérieur à celui de la

Transfiguration ? – Ignorais-tu que tu serrais dans tes bras le favori de la nature, le père de l'enthousiasme, un génie sublime, un dieu ?

Tandis que mon âme fait ces observations, sa compagne, en fixant un œil attentif sur la figure ravissante de cette funeste beauté, se sent toute prête à lui pardonner la mort de *Raphaël*.

En vain mon âme lui reproche son extravagante faiblesse, elle n'est point écoutée. – Il s'établit entre ces deux dames, dans ces sortes d'occasions, un dialogue singulier, qui finit trop souvent à l'avantage du *mauvais principe*, et dont je réserve un échantillon pour un autre chapitre.

27

Les estampes et les tableaux dont je viens de parler
pâlissent et disparaissent au premier coup d'œil qu'on
jette sur le tableau vivant : les ouvrages immortels de
Raphaël, de *Corrège* et de toute l'Ecole d'Italie ne
soutiendraient pas le parallèle. Aussi je le garde toujours
pour le dernier morceau, pour la pièce de réserve, lorsque
je procure à quelques curieux le plaisir de voyager avec
moi ; et je puis assurer que, depuis que je fais voir ce
tableau sublime aux connaisseurs et aux ignorants, aux
gens du monde, aux artisans, aux femmes et aux enfants,
aux animaux même, j'ai toujours vu les spectateurs quel-
conques donner, chacun à sa manière, des signes de
plaisir et d'étonnement : tant la nature y est admirable-
ment rendue !

Eh ! quel tableau pourrait-on vous présenter,
messieurs ; quel spectacle pourrait-on mettre sous vos
yeux, mesdames, plus sûr de votre suffrage que la fidèle
représentation de vous-même ? Le tableau dont je parle

est un miroir, et personne, jusqu'à présent, ne s'est encore avisé de le critiquer ; il est, pour tous ceux qui le regardent, un tableau parfait auquel il n'y a rien à redire.

On conviendra sans doute qu'il doit être compté pour une des merveilles de la contrée où je me promène.

Je passerai sous silence le plaisir qu'éprouve le physicien méditant sur les étranges phénomènes de la lumière qui représente tous les objets de la nature sur cette surface polie. Le miroir présente au voyageur sédentaire mille réflexions intéressantes, mille observations qui le rendent un objet utile et précieux.

Vous que l'amour a tenu ou tient encore sous son empire, apprenez que c'est devant un miroir qu'il aiguise ses traits et médite ses cruautés ; c'est là qu'il répète ses manœuvres, qu'il étudie ses mouvements, qu'il se prépare d'avance à la guerre qu'il veut déclarer ; c'est là qu'il s'exerce aux doux regards, aux petites mines, aux bouderies savantes, comme un acteur s'exerce en face de lui-même avant de se présenter en public. Toujours impartial et vrai, un miroir renvoie aux yeux du specta-teur les roses de la jeunesse et les rides de l'âge sans calomnier et sans flatter personne. – Seul entre tous les conseillers des grands, il leur dit constamment la vérité.

Cet avantage m'avait fait désirer l'invention d'un miroir moral où tous les hommes pourraient se voir avec leurs vices et leurs vertus. Je songeais même à proposer un prix à quelque académie pour cette découverte, lorsque de mûres réflexions m'en ont prouvé l'inutilité.

Hélas ! il est si rare que la laideur se reconnaisse et casse le miroir ! En vain les glaces se multiplient autour de nous, et réfléchissent avec une exactitude géométrique la lumière et la vérité : au moment où les rayons vont pénétrer dans notre œil et nous peindre tels que nous sommes, l'amour-propre glisse son prisme trompeur entre nous et notre image, et nous présente une divinité.

Et de tous les prismes qui ont existé, depuis le premier qui sortit des mains de l'immortel Newton, aucun n'a possédé une force de réfraction aussi puissante et ne produit de couleurs aussi agréables et aussi vives que le prisme de l'amour-propre.

Or, puisque les miroirs communs annoncent en vain la vérité, et que chacun est content de sa figure ; puisqu'ils ne peuvent faire connaître aux hommes leurs imperfections physiques, à quoi servirait un miroir moral ? Peu de monde y jetterait les yeux, et personne ne s'y reconnaîtrait, – excepté les philosophes. – J'en doute même un peu.

En prenant le miroir pour ce qu'il est, j'espère que personne ne me blâmera de l'avoir placé au-dessus de tous les tableaux de l'École d'Italie. Les dames, dont le goût ne saurait être faux, et dont la décision doit tout régler, jettent ordinairement leur premier coup d'œil sur ce tableau lorsqu'elles entrent dans un appartement.

J'ai vu mille fois des dames et même des damoiseaux, oublier au bal leurs amants ou leurs maîtresses, la danse et tous les plaisirs de la fête, pour contempler avec une complaisance marquée ce tableau enchanteur, – et l'honorer même de temps à autre d'un coup d'œil, au milieu de la contredanse la plus animée.

Qui pourrait donc lui disputer le rang que je lui accorde parmi les chefs-d'œuvre de l'art d'Apelles ?

28

J'étais enfin arrivé tout près de mon bureau ; déjà même, en allongeant le bras, j'aurais pu en toucher l'angle le plus voisin de moi, lorsque je me vis au moment de voir détruire le fruit de tous mes travaux, et de perdre la vie. – Je devrais passer sous silence l'accident qui m'arriva, pour ne pas décourager les voyageurs ; mais il est si difficile de verser dans la chaise de poste dont je me sers, qu'on sera forcé de convenir qu'il faut être malheureux au dernier point, – aussi malheureux que je le suis, pour courir un semblable danger. Je me trouvai étendu par terre, complètement versé et renversé ; et cela si vite, si inopinément, que j'aurais été tenté de révoquer en doute mon malheur, si un tintement dans la tête et une violente douleur à l'épaule gauche ne m'en avaient trop évidemment prouvé l'authenticité.

Ce fut encore un mauvais tour de *ma moitié*. – Effrayée par la voix d'un pauvre qui demanda tout à coup l'aumône à ma porte, et par les aboiements de Rosine, elle fit tourner brusquement mon fauteuil avant que mon âme eût le temps de l'avertir qu'il manquait une bride derrière ; l'impulsion fut si violente, que ma chaise de poste se trouva absolument hors de son centre de gravité et se renversa sur moi.

Voici, je l'avoue, une des occasions où j'ai eu le plus à me plaindre de mon âme ; car, au lieu d'être fâchée de l'absence qu'elle venait de faire, et de tancer sa compagne sur sa précipitation, elle s'oublia au point de partager le ressentiment le plus animal, et de maltraiter de paroles ce pauvre innocent. Fainéant, allez travailler lui dit-elle (apostrophe exécrable, inventée par l'avare et cruelle richesse !) « Monsieur, dit-il alors, pour m'attendrir, je suis de Chambéry... – Tant pis pour vous. – Je suis Jacques ; c'est moi que vous avez vu à la campagne ; c'est moi qui menais les moutons aux champs... – Que venez-vous faire ici ? » Mon âme commençait à se repentir de la brutalité de mes premières paroles. – Je crois même qu'elle s'en était repentie un instant avant de les laisser échapper. C'est ainsi que, lorsqu'on rencontre inopinément dans sa course un fossé ou un bourbier, on le voit, mais on n'a pas le temps de l'éviter.

Rosine acheva de me ramener au bons sens et au repentir : elle avait reconnu Jacques, qui avait souvent partagé son pain avec elle, et lui témoignait, par ses caresses, son souvenir et sa reconnaissance.

Pendant ce temps, Joannetti, ayant rassemblé les restes de mon dîner, qui étaient destinés pour le sien, les donna sans hésiter à Jacques.

Pauvre Joannetti !

C'est ainsi que, dans mon voyage, je vais prenant des leçons de philosophie et d'humanité de mon domestique et de mon chien.

29

_____

Avant d'aller plus loin, je veux détruire un doute qui pourrait s'être introduit dans l'esprit de mes lecteurs.

Je ne voudrais pas, pour tout au monde, qu'on me soupçonnât d'avoir entrepris ce voyage uniquement pour ne savoir que faire, et forcé, en quelque manière, par les circonstances : j'assure ici, et jure par tout ce qui m'est cher, que j'avais le dessein de l'entreprendre longtemps avant l'événement qui m'a fait perdre ma liberté pendant quarante-deux jours. Cette retraite forcée ne fut qu'une occasion de me mettre en route plus tôt.

Je sais que la protestation gratuite que je fais ici paraîtra suspecte à certaines personnes ; – mais je sais aussi que les gens soupçonneux ne liront pas ce livre : – ils ont assez d'occupations chez eux et chez leurs amis ; ils ont bien d'autres affaires : – et les bonnes gens me croiront.

Je conviens cependant que j'aurais préféré m'occuper

de ce voyage dans un autre temps, et que j'aurais choisi, pour l'exécuter, le carême plutôt que le carnaval : toutefois, des réflexions philosophiques, qui me sont venues du ciel, m'ont beaucoup aidé à supporter la privation des plaisirs que Turin présente en foule dans ces moments de bruit et d'agitation. – Il est très sûr, me disais-je, que les murs de ma chambre ne sont pas aussi magnifiquement décorés que ceux d'une salle de bal : le silence de ma *cabine* ne vaut pas l'agréable bruit de la musique et de la danse ; mais, parmi les brillants personnages qu'on rencontre dans ces fêtes, il en est certainement de plus ennuyés que moi.

Et pourquoi m'attacherais-je à considérer ceux qui sont dans une situation plus agréable, tandis que le monde fourmille de gens plus malheureux que je ne le suis dans la mienne ? – Au lieu de me transporter par l'imagination dans ce superbe casin, où tant de beautés sont éclipsées par la jeune *Eugénie*, pour me trouver heureux je n'ai qu'à m'arrêter un instant le long des rues qui y conduisent. – Un tas d'infortunés, couchés a deminus sous les portiques de ces appartements somptueux, semblent près d'expirer de froid et de misère. – Quel spectacle ! Je voudrais que cette page de mon livre fût connue de tout l'univers ; je voudrais qu'on sût que, dans cette ville où tout respire l'opulence, une foule de malheureux dorment découvert, la tête appuyée sur une borne ou sur le seuil d'un palais.

Ici, c'est un groupe d'enfants serrés les uns contre les autres pour ne pas mourir de froid. – Là, c'est une femme tremblante et sans voix pour se plaindre. – Les passants vont et viennent, sans être émus d'un spectacle auquel ils sont accoutumés. – Le bruit des carrosses, la voix de l'intempérance, les sons ravissants de la musique se mêlent quelquefois aux cris de ces malheureux et forment une terrible dissonance.

Celui qui se presserait de juger une ville d'après le chapitre précédent se tromperait fort. J'ai parlé des pauvres qu'on trouve, de leurs cris pitoyables et de l'indifférence de certaines personnes à leur égard ; mais je n'ai rien dit de la foule d'hommes charitables qui dorment pendant que les autres s'amusent, qui se lèvent à la pointe du jour et vont secourir l'infortune sans témoin et sans ostentation : – Non, je ne passerai point cela sous silence : – je veux l'écrire sur le revers de la page que tout l'univers doit lire.

Après avoir ainsi partagé leur fortune avec leurs frères, après avoir versé le baume dans ces cœurs froissés par la douleur, ils vont dans les églises, tandis que le vice fatigué dort sous l'édredon, offrir à Dieu leurs prières et le remercier de ses bienfaits : la lumière de la lampe solitaire combat encore dans le temple celle du jour naissant, et déjà ils sont prosternés au pied des autels ; – et l'Eternel, irrité de la dureté et de l'avarice des hommes, retient sa foudre prête à frapper.

31

J'ai voulu dire quelque chose de ces malheureux dans mon voyage, parce que l'idée de leur misère est souvent venue me distraire en chemin. Quelquefois, frappé de la différence de leur situation et de la mienne, j'arrêtais tout à coup ma berline, et ma chambre me paraissait prodigieusement embellie. Quel luxe inutile ! Six chaises, deux tables, un bureau, un miroir, quelle ostentation ! Mon lit surtout, mon lit couleur de rose et blanc, et mes deux matelas, me semblaient défier la magnificence et la mollesse des monarques de l'Asie. – Ces réflexions me rendaient indifférents les plaisirs qu'on m'avait défendus ; et, de réflexions en réflexions, mon accès de philosophie devenait tel que j'aurais entendu le son des violons et des clarinettes sans remuer de ma place – j'aurais entendu de mes deux oreilles la voix mélodieuse de *Marchesini*, cette voix qui m'a si souvent mis hors de moi-même, – oui, je l'aurais entendue sans m'ébranler ; –

bien plus, j'aurais regardé sans la moindre émotion la plus belle femme de Turin, *Eugénie* elle-même, parée de la tête aux pieds par les mains de mademoiselle *Rapous*.

– Cela n'est cependant pas bien sûr.

Mais, permettez-moi de vous le demander, messieurs, vous amusez-vous autant qu'autrefois au bal et à la comédie ? Pour moi, je vous l'avoue, depuis quelque temps, toutes les assemblées nombreuses m'inspirent une certaine terreur. – J'y suis assailli par un songe sinistre. – En vain je fais mes efforts pour le chasser, il revient toujours, comme celui *d'Athalie*. – C'est peut-être parce que l'âme, inondée aujourd'hui d'idées noires et de tableaux déchirants, trouve partout des sujets de tristesse – comme un estomac vicié convertit en poisons les aliments les plus sains. Quoi qu'il en soit, voici mon songe : – Lorsque je suis dans une de ces fêtes, au milieu de cette foule d'hommes aimables et caressants qui dansent, qui chantent, – qui pleurent aux tragédies, qui n'expriment que la joie, la franchise et la cordialité, je me dis : – Si dans cette assemblée polie il entrait tout à coup un ours blanc, un philosophe, un tigre, ou quelque autre animal de cette espèce, et que, montant à l'orchestre, il s'écriât d'une voix forcenée : – « Malheureux humains ! écoutez la vérité qui vous parle par ma bouche : vous êtes opprimés, tyrannisés ; vous êtes malheureux ; vous vous ennuyez. – Sortez de cette léthargie !

« Vous, musiciens, commencez par briser ces instruments sur vos têtes ; que chacun s'arme d'un poignard ; ne pensez plus désormais aux délassements et aux fêtes ; montez aux loges, égorgez tout le monde ; que les femmes trempent aussi leurs mains timides dans le sang !

« Sortez, vous êtes libres ; arrachez votre roi de son trône, et votre Dieu de son sanctuaire ! »

– Eh bien, ce que le tigre a dit, combien de ces hommes charmants l'exécuteront ? – Combien peut-être y pensaient avant qu'il entrât ? Qui, le sait ? – Est-ce qu'on ne dansait pas à Paris il y a cinq ans ?

« *Joannetti*, fermez les portes et les fenêtres. – Je ne veux plus voir la lumière ; qu'aucun homme n'entre dans ma chambre ; – mettez mon sabre à la portée de ma main ; – sortez vous-même, et ne reparaissez plus devant moi !

33

———————

Non, non, reste, *Joannetti* ; reste, pauvre garçon ; et toi aussi, ma *Rosine*, toi qui devines mes peines et qui les adoucis par tes caresses ; viens, ma *Rosine*, viens. – V consonne et séjour.

34

La chute de ma chaise de poste a rendu le service au lecteur de raccourcir mon voyage d'une bonne douzaine de chapitres, parce qu'en me relevant je me trouvai vis-à-vis et tout près de mon bureau, et que je ne fus plus à temps de faire des réflexions sur le nombre d'estampes et de tableaux que j'avais encore à parcourir, et qui auraient pu allonger mes excursions sur la peinture.

En laissant donc sur la droite les portraits de *Raphaël* et de sa maîtresse, le chevalier *d'Assas* et la *Bergère des Alpes*, et longeant sur la gauche du côté de la fenêtre, on découvre mon bureau : c'est le premier objet et le plus apparent qui se présente aux regards du voyageur, en suivant la route que je viens d'indiquer.

Il est surmonté de quelques tablettes servant de bibliothèque ; – le tout est couronné par un buste qui termine la pyramide, et c'est l'objet qui contribue le plus à l'embellissement du pays.

En tirant le premier tiroir à droite, on trouve une écritoire, du papier de toute espèce, des plumes toutes taillées, de la cire à cacheter. – Tout cela donnerait l'envie d'écrire à

l'être le plus indolent. – Je suis sûr, ma chère *Jenny*, que, si tu venais à ouvrir ce tiroir par hasard, tu répondrais à la lettre que je t'écrivais l'an passé. – Dans le tiroir correspondant gisent confusément entassés les matériaux de l'histoire intéressante de la prisonnière de Pignerol, que vous lirez bientôt, mes chers amis.

Entre ces deux tiroirs est un enfoncement où je jette les lettres à mesure que je les reçois ; on trouve là toutes celles que j'ai reçues depuis dix ans ; les plus anciennes sont rangées selon leur date, en plusieurs paquets ; les nouvelles sont pêle-mêle ; il m'en reste plusieurs qui datent de ma première jeunesse.

Quel plaisir de revoir dans ces lettres les situations intéressantes de nos jeunes années, d'être transportés de nouveau dans ces temps heureux que nous ne reverrons plus !

Ah ! mon cœur est plein ! Comme il jouit tristement lorsque mes yeux parcourent les lignes tracées par un être qui n'existe plus ! Voilà ses caractères, c'est son cœur qui conduisit sa main ; c'est à moi qu'il écrivait cette lettre, et cette lettre est tout ce qui me reste de lui !

Lorsque je porte la main dans ce réduit, il est rare que je m'en tire de toute la journée. C'est ainsi que le voyageur traverse rapidement quelques provinces d'Italie, en faisant à la hâte quelques observations superficielles, pour se fixer à Rome pendant des mois entiers. – C'est la veine la plus riche de la mine que j'exploite. Quel changement dans mes idées et dans mes sentiments ! quelle différence dans mes amis ! Lorsque je les examine alors et aujourd'hui, je les vois mortellement agités par des projets qui ne les touchent plus maintenant. Nous regardions comme un grand malheur un événement ; mais la fin de la lettre manque, et l'événement est complètement oublié : je ne puis savoir de quoi il était question. – Mille préjugés nous assiégeaient ; le monde et les hommes nous étaient totalement inconnus ; mais aussi quelle chaleur dans notre commerce ! quelle liaison intime ! quelle confiance sans bornes !

Nous étions heureux par nos erreurs. – Et maintenant : – ah ! ce n'est plus cela ! il nous a fallu lire, comme les autres, dans le cœur humain ; – et la vérité, tombant au milieu de nous comme une bombe, a détruit pour toujours le palais enchanté de l'illusion.

35

Il ne tiendrait qu'à moi de faire un chapitre sur cette rose sèche que voilà, si le sujet en valait la peine : c'est une fleur du carnaval de l'année dernière. J'allai moi-même la cueillir dans les serres du *Valentin*, et le soir, une heure avant le bal, plein d'espérance et dans une agréable émotion, j'allai la présenter à madame de *Hautcastel*. Elle la prit, – la posa sur sa toilette sans la regarder, et sans me regarder moi-même.

Mais comment aurait-elle fait attention à moi ? elle était occupée à se regarder elle-même. Debout devant un grand miroir, toute coiffée, elle mettait la dernière main à sa parure : elle était si fort préoccupée, son attention était si totalement absorbée par des rubans, des gazes et des pompons de toute espèce, amoncelés devant elle, que je n'obtins pas même un regard, un signe. Je me résignai : je tenais humblement des épingles toutes prêtes, arrangées dans ma main ; mais, son carreau se trouvait plus à sa portée, elle les prenait à son carreau, – et, si j'avançais la main, elle les prenait de ma main – indifféremment ; – et pour les prendre elle tâtonnait, sans ôter les yeux de son miroir, de crainte de se perdre de vue.

Je tins quelque temps un second miroir derrière elle, pour lui faire mieux juger de sa parure ; et, sa physionomie se répétant d'un miroir à l'autre, je vis alors une perspective de coquettes, dont aucune ne faisait attention à moi, une fort triste figure.

Je finis par perdre patience, et, ne pouvant plus résister au dépit qui me dévorait, je posai le miroir que je tenais à la main, et je sortis d'un air de colère, et sans prendre congé.

« Vous en allez-vous ? » me dit-elle en se tournant de ce côté pour voir sa taille de profil. – Je ne répondis rien ; mais j'écoutai quelque temps à la porte, pour savoir l'effet qu'allait produire ma brusque sortie. « Ne voyez-vous pas, disait-elle à sa femme de chambre, après un instant de silence, ne voyez-vous pas que ce caraco est beaucoup trop large pour ma taille, surtout en bas, et qu'il y faut faire une baste avec des épingles ? »

Comment et pourquoi cette rose sèche se trouve sur une tablette de mon bureau, c'est ce que je ne dirai certainement pas, parce que j'ai déclaré qu'une rose sèche ne mérite pas un chapitre.

Remarquez bien, mesdames, que je ne fais aucune réflexion sur l'aventure de la rose sèche. Je ne dis point que madame de *Hautcastel* ait bien ou mal fait de me préférer sa parure, ni que j'eusse le droit d'être reçu autrement.

Je me garde encore avec plus de soin d'en tirer des conséquences générales sur la réalité, la force et la durée de l'affection des dames pour leurs amis. – Je me contente de jeter ce chapitre (puisque c'en est un), de le jeter, dis-je, dans le monde, avec le reste du voyage, sans l'adresser à personne, et sans le recommander à personne.

Je n'ajouterai qu'un conseil pour vous, messieurs : c'est de vous mettre bien dans l'esprit qu'un jour de bal votre maîtresse n'est plus à vous.

Au moment où la parure commence, l'amant n'est plus qu'un mari, et le bal seul devient l'amant.

Tout le monde sait de reste ce que gagne un mari à vouloir se faire aimer par force ; prenez donc votre mal en patience et en riant.

Et ne vous faites pas illusion, monsieur : si l'on vous voit avec plaisir au bal, ce n'est point en votre qualité d'amant, car vous êtes un mari ; c'est parce que vous faites partie du bal, et que vous êtes, par conséquent, une fraction de sa nouvelle conquête ; vous êtes une décimale d'amant ; ou bien, peut-être, c'est parce que voue dansez bien, et que vous la ferez briller ; enfin, ce qu'il peut y avoir de plus flatteur pour vous dans le bon accueil qu'elle vous fait, c'est qu'elle espère qu'en déclarant pour son amant un homme de mérite comme vous, elle excitera la jalousie de ses compagnes : sans cette considération, elle ne vous regarderait seulement pas.

Voila donc qui est entendu ; il faudra vous résigner et attendre que votre rôle de mari soit passé. – J'en connais plus d'un qui voudraient en être quittes a si bon marché.

36

J'ai promis un dialogue entre mon âme et l'autre ; mais il est certains chapitres qui m'échappent, ou plutôt il en est d'autres qui coulent de ma plume comme malgré moi, et qui déroutent mes projets : de ce nombre est celui de ma bibliothèque, que je ferai le plus court possible. – Les quarante– deux jours vont finir, et un espace de temps égal ne suffirait pas pour achever la description du riche pays où je voyage si agréablement.

Ma bibliothèque donc est une composée de romans, puisqu'il faut vous le dire, – oui, de romans et de quelques poètes choisis.

Comme si je n'avais pas assez de mes maux, je partage encore volontairement ceux de mille personnages imaginaires, et je les sens aussi vivement que les miens : que de larmes n'ai-je pas versées pour cette malheureuse *Clarisse* et pour l'amant de *Charlotte* !

Mais, si je cherche ainsi de feintes afflictions, je trouve, en revanche, dans ce monde imaginaire, la vertu, la bonté, le désintéressement, que je n'ai pas encore trouvés réunis dans le monde réel où j'existe. – J'y trouve une femme comme je la désire, sans humeur, sans légèreté, sans détour ; je ne dis rien de la beauté ; on peut s'en fier a mon imagination : je la fais si belle qu'il n'y a rien à redire. Ensuite, fermant le livre, qui ne répand plus à mes idées, je la prends par la main, et nous parcourons ensemble un pays mille fois plus délicieux que celui d'Eden. Quel peintre pourrait représenter le paysage enchanté ou j'ai placé la divinité de mon cœur ? et quel poète pourra jamais décrire les sensations vives et variées que j'éprouve dans ces régions enchantées ?

Combien de fois n'ai-je pas maudit ce *Cleveland*, qui s'embarque à tout instant dans de nouveaux malheurs qu'il pourrait éviter ! Je ne puis souffrir ce livre et cet enchaînement de calamités ; mais, si je l'ouvre par distraction, il faut que je le dévore jusqu'à la fin.

Comment laisser ce pauvre homme chez les *Abaquis* ? que deviendrait-il avec ces sauvages ? J'ose encore moins l'abandonner dans l'excursion qu'il fait pour sortir de sa captivité.

Enfin, j'entre tellement dans ses peines, je m'inté-resse si fort à lui et à sa famille infortunée, que l'appari-tion inattendue des féroces *Ruintons* me fait dresser les cheveux ; une sueur froide me couvre lorsque je lis ce passage, et ma frayeur est aussi vive, aussi réelle, que si je devais être rôti moi-même et mangé par cette canaille.

Lorsque j'ai assez pleuré et fait l'amour, je cherche quelque poète, et je pars de nouveau pour un autre monde.

37

Depuis l'expédition des Argonautes jusqu'à l'assemblée des Notables, depuis le fin fond des enfers jusqu'à la dernière étoile fixe au delà de la voie lactée, jusqu'aux confins de l'univers, jusqu'aux portes du chaos, voilà le vaste champ où je me promène en long et en large, et tout à loisir, car le temps ne me manque pas plus que l'espace.

C'est là que je transporte mon existence, à la suite d'*Homère*, de *Milton*, de *Virgile*, d'*Ossian*, etc.

Tous les événements qui ont lieu entre ces deux époques, tous les pays, tous les mondes et tous les êtres qui ont existé entre ces deux termes, tout cela est à moi, tout cela m'appartient aussi bien, aussi légitimement, que les vaisseaux qui entraient dans le *Pirée* appartenaient à un certain Athénien.

J'aime surtout les poètes qui me transportent dans la plus haute antiquité : la mort de l'ambitieux *Agamemnon*, les fureurs *d'Oreste* et toute l'histoire tragique de la famille des *Atrées*, persécutée par le ciel, m'inspirent une terreur que les événements modernes ne sauraient faire naître en moi.

Voilà l'urne fatale qui contient les cendres *d'Oreste*. Qui ne frémirait à cet aspect ? *Électre* ! malheureuse sœur, apaise-toi : c'est *Oreste* lui-même qui apporte l'urne, et ces cendres sont celles de ses ennemis.

On ne retrouve plus maintenant de rivages semblables à ceux du *Xanthe* ou du *Scamandre* ; – on ne voit plus de plaines comme celles de *l'Hespérie* ou de *l'Arcadie*. Où sont aujourd'hui les îles de *Lemnos* et de *Crète* ? Où est le fameux labyrinthe ? Où est le rocher qu'*Ariane* délaissée arrosait de ses larmes ? – On ne voit plus de *Thésées*, encore moins *d'Hercules* ; les hommes et même les héros d'aujourd'hui sont des pygmées.

Lorsque je veux me donner ensuite une scène d'enthousiasme, et jouir de toutes les forces de mon imagination, je m'attache hardiment aux plis de la robe flottante du sublime aveugle d'Albion, au moment où il s'élance dans le ciel, et qu'il ose approcher du trône de l'Éternel. – Quelle muse a pu le soutenir à cette hauteur, où nul homme avant lui n'avait osé porter ses regards ? – De l'éblouissant parvis céleste que l'avare *Mammon* regardait avec des yeux d'envie, je passe avec horreur dans les vastes cavernes du séjour de Satan ; – j'assiste au conseil infernal, je me mêle à la foule des esprits rebelles, et j'écoute leurs discours.

Mais il faut que j'avoue ici une faiblesse que je me suis souvent reprochée.

Je ne puis m'empêcher de prendre un certain intérêt à ce pauvre Satan (je parle du Satan de *Milton*) depuis qu'il est ainsi précipité du ciel. Tout en blâmant l'opiniâtreté de l'esprit rebelle, j'avoue que la fermeté qu'il montre dans l'excès du malheur et la grandeur de son courage me forcent à l'admiration malgré moi. – Quoique je n'ignore pas les malheurs dérivés de la funeste entreprise qui le conduisit à forcer les portes des enfers pour venir troubler le ménage de nos premiers parents, je ne puis, quoi que je fasse, souhaiter un moment de le voir périr en chemin dans la confusion du chaos. Je crois même que je l'aiderais volontiers, sans la honte qui me retient. Je suis tous ses mouvements, et je trouve autant de plaisir à voyager avec lui que si j'étais en bonne compagnie. J'ai beau réfléchir qu'après tout c'est un diable, qu'il est en chemin pour perdre le genre humain, que c'est un vrai démocrate, non de ceux d'Athènes, mais de Pais, tout cela ne peut me guérir de ma prévention.

Quel vaste projet ! et quelle hardiesse dans l'exécution !

Lorsque les spacieuses et triples portes des Enfers s'ouvrirent tout à coup devant lui à deux battants, et que la profonde fosse du néant et de la nuit parut à ses pieds dans toute son horreur, – il parcourut d'un œil intrépide le sombre empire du chaos, et, sans hésiter, ouvrant ses larges ailes, qui auraient pu couvrir une armée entière, il se précipita dans l'abîme.

Je le donne en quatre au plus hardi. – Et c'est, selon moi, un des beaux efforts de l'imagination, comme un des plus beaux voyages qui aient jamais été faits, – après le voyage autour de ma chambre.

38

Je ne finirais pas si je voulais décrire la millième partie des événements singuliers qui m'arrivent lorsque je voyage près de ma bibliothèque ; les voyages de Cook et les observations de ses compagnons de voyage, les docteurs *Banks* et *Solander*, ne sont rien en comparaison de mes aventures dans ce seul district : aussi je crois que j'y passerais ma vie dans une espèce de ravissement, sans le buste dont j'ai parlé, sur lequel mes yeux et mes pensées finissent toujours par se fixer, quelle que soit la situation de mon âme ; et lorsqu'elle est trop violemment agitée, ou qu'elle s'abandonne au découragement, je n'ai qu'à regarder ce buste pour la remettre dans son assiette naturelle : c'est le diapason avec lequel j'accorde l'assemblage variable et discord de sensations et de perceptions qui forme mon existence.

Comme il est ressemblant ! – Voilà bien les traits que la nature avait donnés au plus vertueux des hommes. Ah ! si le sculpteur avait pu rendre visible son âme excellente, son génie et son caractère ! Mais qu'ai-je entrepris ? Est-ce donc ici le lieu de faire son éloge ? Est-ce aux hommes qui m'entourent que je l'adresse ? Eh ! que leur importe ?

Je me contente de me prosterner devant ton image chérie, ô le meilleur des pères ! Hélas ! cette image est tout ce qui me reste de toi et de ma patrie : tu as quitté la terre au moment où le crime allait l'envahir ; et tels sont les maux dont il nous accable, que ta famille elle-même est contrainte de regarder aujourd'hui ta perte comme un bienfait. Que de maux t'eût fait éprouver une plus longue vie ! O mon père ! le sort de ta nombreuse famille est-il connu de toi dans le séjour du bonheur ? Sais-tu que tes enfants sont exilés de cette patrie que tu as servie pendant soixante ans avec tant de zèle et d'intégrité ? Sais-tu qu'il leur est défendu de visiter ta tombe ? – Mais la tyrannie n'a pu leur enlever la partie la plus précieuse de ton héritage : le souvenir de tes vertus et la force de tes exemples. Au milieu du torrent criminel qui entraînait leur patrie et leur fortune dans le gouffre, ils sont demeurés inaltérablement unis sur la ligne que tu leur avais tracée ; et lorsqu'ils pourront encore se prosterner sur ta cendre vénérée, elle les reconnaîtra toujours.

39

J'ai promis un dialogue, je tiens parole. – C'était le matin à l'aube du jour : les rayons du soleil doraient à la fois le sommet du mont Viso et celui des montagnes les plus élevées de l'île qui est à nos antipodes ; et déjà *elle* était éveillée, soit que son réveil prématuré fût l'effet des visions nocturnes qui la mettent souvent dans une agitation aussi fatigante qu'inutile, soit que le carnaval, qui tirait alors vers sa fin, fût la cause occulte de son réveil, ce temps de plaisir et de folie ayant une influence sur la machine humaine comme les phases de la lune et de la conjonction de certaines planètes. – Enfin, *elle* était éveillée et très éveillée, lorsque mon âme se débarrassa elle-même des liens du sommeil.

Depuis longtemps celle-ci partageait confusément les sensations de l'autre ; mais elle était encore embarrassée dans les crêpes de la nuit et du sommeil ; et ces crêpes lui semblaient transformée en gazes, en linon, en toile des Indes. – Ma pauvre âme était donc comme empaquetée dans tout cet attirail ; et le dieu du sommeil, pour la retenir plus fortement dans son empire, ajoutait à ses liens des tresses de cheveux blonds en désordre, de nœuds de rubans, des colliers de perles : c'était une pitié pour qui l'aurait vue se débattre dans ces filets.

L'agitation de la plus noble partie de moi-même se communiquait à l'autre, et celle-ci à son tour agissait puissamment sur mon âme. – J'étais parvenu tout entier à un état difficile à décrire, lorsque enfin mon âme, soit par sagacité, soit par hasard, trouva la manière de se délivrer des gazes qui la suffoquaient. Je ne sais si elle rencontra une ouverture, ou si elle s'avisa tout simplement de les relever, ce qui est plus naturel ; le fait est qu'elle trouva l'issue du labyrinthe. Les tresses de cheveux en désordre étaient toujours là ; mais ce n'était plus un obstacle, c'était plutôt un moyen : mon âme le saisit, comme un homme qui se noie s'accroche aux herbes du rivage ; mais le collier de perles se rompit dans l'action, et les perles se défilant roulèrent sur le sofa et de là sur le parquet de Mme de *Hautcastel* : car mon âme, par une bizarrerie dont il serait difficile de rendre raison, s'imaginait être chez cette dame ; un gros bouquet de violettes tomba par terre, et mon âme, s'éveillant alors, rentra chez elle, amenant à sa suite la raison et la réalité. Comme on l'imagine, elle désapprouva fortement tout ce qui s'était passé en son absence, et c'est ici que commence le dialogue qui fait l'objet de ce chapitre.

Jamais mon âme n'avait été si mal reçue. Les reproches qu'elle s'avisa de faire dans ce moment critique achevèrent de brouiller le ménage : ce fut une révolte, une insurrection formelle.

« Quoi donc : dit mon âme, c'est ainsi que, pendant mon absence, au lieu de réparer vos forces par un sommeil paisible, et vous rendre par là plus propre à exécuter mes ordres, vous vous avisez *insolemment* (le terme était un peu fort) de vous livrer à des transports que ma volonté n'a pas sanctionnés ? »

Peu accoutumée à ce ton de hauteur, *l'autre* lui repartit en colère :

« Il vous sied bien, *Madame* (pour éloigner de la discussion toute idée de familiarité), il vous sied bien de vous donner des airs de décence et de vertu ! Eh ! n'est-ce pas aux écarts de votre imagination et à vos extravagantes idées que je dois tout ce qui vous déplaît en moi ? Pourquoi n'étiez-vous pas là ? – Pourquoi auriez-vous le droit de jouir sans moi, dans les fréquents voyages que vous faites toute seule ? – Ai-je jamais désapprouvé vos séances dans l'Empyrée ou dans les Champs-Elysées, vos conversations avec les intelligences, vos spéculations profondes (un peu de raillerie comme on voit), vos châteaux en Espagne, vos systèmes sublimes ? Et je n'aurais pas le droit, lorsque vous m'abandonnez ainsi, de jouir des bienfaits que m'accorde la nature et des plaisirs qu'elle me présente ! »

Mon âme, surprise de tant de vivacité et d'éloquence, ne savait que répondre. – Pour arranger l'affaire, elle entreprit de couvrir du voile de la bienveillance les reproches qu'elle venait de se permettre, et, afin de ne pas avoir l'air de faire les premiers pas vers la réconciliation, elle imagina de prendre aussi le ton de la cérémonie. – « *Madame*, » ditelle à son tour avec une cordialité affectée… – (Si le lecteur a trouvé ce mot déplacé lorsqu'il s'adressait à mon âme, que dira-t-il maintenant, pour peu qu'il veuille se rappeler le sujet de la dispute ? – Mon âme ne sentit point l'extrême ridicule de cette façon de parler, tant la passion obscurcit l'intelligence !) – *Madame*, dit-elle donc, je vous assure que rien ne me ferait autant de plaisir que de vous voir jouir de tous les plaisirs dont votre nature est susceptible, quand même je ne les partagerais pas, si ces plaisirs ne vous étaient pas nuisibles et s'ils n'altéraient pas l'harmonie qui… » Ici mon âme fut interrompue vivement : « Non, non, je ne suis point la dupe de votre bienveillance supposée : – le séjour forcé que nous faisons ensemble dans cette chambre où nous voyageons ; la blessure que j'ai reçue, qui a failli me détruire et qui saigne encore ; tout cela n'est-il pas le fruit de votre orgueil extravagant et de vos préjugés barbares ? Mon bien-être et mon existence même sont comptés pour rien lorsque vos passions vous entraînent – et vous prétendez vous intéresser à moi, et vos reproches viennent de votre amitié ! »

Mon âme vit bien qu'elle ne jouait pas le meilleur rôle dans cette occasion ; – elle commençait d'ailleurs à s'apercevoir que la chaleur de la dispute en avait supprimé la cause, et profitant de la circonstance pour faire une diversion : « Faites du café », dit-elle à *Joannetti*, qui entrait dans la chambre. – Le bruit des tasses attirant toute l'attention de l'insurgente, dans l'instant elle oublia tout le reste. C'est ainsi qu'en montrant un hochet aux enfants, on leur fait oublier les fruits malsains qu'ils demandent en trépignant.

Je m'assoupis Insensiblement pendant que l'eau chauffait. – Je jouissais de ce plaisir charmant dont j'ai entretenu mes lecteurs, et qu'on éprouve lorsqu'on se sent dormir. Le bruit agréable que faisait *Joannetti* en frappant de la cafetière sur le chenet retentissait sur mon cerveau, et faisait vibrer toutes mes fibres sensitives, comme l'ébranlement d'une corde de harpe fait résonner les octaves. – Enfin, je vis comme une ombre devant moi ; j'ouvris les yeux, c'était *Joannetti*. Ah ! quel parfum ; quel agréable surprise ! du café ! de la crème ! une pyramide de pain grillé ! – Bon lecteur, déjeune avec moi.

Quel riche trésor de jouissances la bonne nature a livré
aux hommes dont le cœur sait jouir et quelle variété dans
ces jouissances ! Qui pourra compter leurs nuances
innombrables dans les divers individus et dans les diffé-
rents âges de la vie ? Le souvenir confus de celles de
mon enfance me font encore tressaillir. Essayerai-je de
peindre celles qu'éprouve le jeune homme dont le cœur
commence à brûler de tous les feux du sentiment ? Dans
cet âge heureux où l'on ignore encore jusqu'au nom de
l'intérêt, de l'ambition, de la haine et de toutes les
passions honteuses qui dégradent et tourmentent l'humanité ; durant cet âge, hélas ! trop court, le soleil brille
d'un éclat qu'on ne lui retrouve plus dans le reste de la
vie. L'air est plus pur ; – les fontaines sont plus limpides
et plus fraîches ; – la nature a des aspects, les bocages ont
des sentiers qu'on ne retrouve plus dans l'âge mur. Dieu !
quels parfums envoient les fleurs ! que ces fruits sont
délicieux ! de quelles couleurs se pare l'aurore ! – Toutes

les femmes sont aimables et fidèles ; tous les hommes sont bons, généreux et sensibles : partout on rencontre la cordialité, la franchise et le désintéressement ; il n'existe dans la nature que des fleurs, des vertus et des plaisirs.

Le trouble de l'amour, l'espoir du bonheur n'inondent-ils pas notre cœur de sensations aussi vives que variées !

Le spectacle de la nature et sa contemplation dans l'ensemble et les détails ouvrent devant la raison une immense carrière de jouissances. Bientôt l'imagination, planant sur cet océan de plaisirs, en augmente le nombre et l'intensité ; les sensations diverses s'unissent et se combinent pour en former de nouvelles ; les rêves de la gloire se mêlent aux palpitations de l'amour ; la bienfaisance marche à côté de l'amour-propre qui lui tend la main ; la mélancolie vient de temps en temps jeter sur nous son crêpe solennel, et changer nos larmes en plaisir. – Enfin, les perceptions de l'esprit, les sensations du cœur, les souvenirs même des sens, sont pour l'homme des sources inépuisables de plaisir et de bonheur. – Qu'on ne s'étonne donc point que le bruit que faisait *Joannetti* en frappant de la cafetière sur le chenet, et l'aspect imprévu d'une tasse de crème aient fait sur moi une impression si vive et si agréable.

Je mis aussitôt mon habit de voyage, après l'avoir examiné avec un œil de complaisance ; et ce fut alors que je résolus de faire un chapitre ad hoc, pour le faire connaître au lecteur. La forme et l'utilité de ces habits étant assez généralement connues, je traiterai plus particulièrement de leur influence sur l'esprit des voyageurs. – Mon habit de voyage pour l'hiver est fait de l'étoffe la plus chaude et la plus moelleuse qu'il m'ait été possible de trouver ; il m'enveloppe entièrement de la tête aux pieds ; et lorsque je suis dans mon fauteuil, les mains dans mes poches et la tête enfoncée dans le collet de l'habit, je ressemble à la statue de *Vishnou* sans pieds et sans mains, qu'on voit dans les pagodes des Indes.

On taxera, si l'on veut, de préjugé, l'influence que j'attribue aux habits de voyage sur les voyageurs ; ce que je puis dire de certain à cet égard, c'est qu'il me paraîtrait aussi ridicule d'avancer d'un seul pas mon voyage autour de ma chambre, revêtu de mon uniforme et l'épée au côté, que de sortir et d'aller dans le monde en robe de chambre. – Lorsque je me vois ainsi habillé suivant les rigueurs de la pragmatique, non seulement je ne serais pas à même de continuer mon voyage, mais je crois que je ne serais pas même en état de lire ce que j'en ai écrit jusqu'à présent, et moins encore de le comprendre.

Mais cela vous étonne-t-il ? Ne volt-on pas tous les jours des personnes qui se croient malades parce qu'elles ont la barbe longue, ou parce que quelqu'un s'avise de leur trouver l'air malade et de le dire ? Les vêtements ont tant d'influence sur l'esprit des hommes qu'il est des valétudinaires qui se trouvent beaucoup mieux lorsqu'ils se voient en habit neuf et en perruque poudrée : on en voit qui trompent ainsi le public et eux-mêmes par une parure soutenue ; – ils meurent un beau matin tout coiffés, et leur mort frappe tout le monde.

Enfin, dans la classe des hommes parmi lesquels je vis, combien n'en est-il pas qui, se voyant parés d'un uniforme, se croient fermement officiers, – jusqu'au moment où l'apparition inattendue de l'ennemi les détrompe ? – Il y a plus : s'il plaît au roi de permettre à l'un d'eux d'ajouter à son habit une certaine broderie, voilà qu'il se croit un général, et toute l'armée lui donne ce titre, sans rire, tant l'influence de l'habit est forte sur l'imagination humaine.

L'exemple suivant prouvera mieux encore ce que j'avance.

On oubliait quelquefois de faire avertir plusieurs jours d'avance le comte de … qu'il devait monter la garde : un caporal allait l'éveiller de grand matin le jour même où il devait la monter, et lui annoncer cette triste nouvelle ; mais l'idée de se lever tout de suite, de mettre ses guêtres, et de sortir ainsi sans y avoir pensé la veille, le troublait tellement qu'il aimait mieux faire dire qu'il était malade, et ne pas sortir de chez lui. Il mettait donc sa robe de chambre et renvoyait le perruquier ; cela lui donnait un air pâle, malade, qui alarmait sa femme et toute la famille. – Il se trouvait réellement lui-même un peu défait ce jour-là.

Il le disait à tout le monde, un peu pour soutenir la gageure, un peu aussi parce qu'il croyait l'être tout de bon. – Insensiblement l'influence de la robe de chambre opérait : les bouillons qu'il avait pris, bon gré, mal gré, lui causaient des nausées ; bientôt les parents et amis envoyaient demander des nouvelles : il n'en fallait pas tant pour le mettre décidément au lit.

Le soir, le docteur *Ranson* lui trouvait le pouls *concentré*, et ordonnait la saignée pour le lendemain. Si le service avait duré un mois de plus, c'en était fait du malade.

Qui pourrait douter de l'influence des habits de voyage sur les voyageurs, lorsqu'on réfléchira que le pauvre comte ... pensa plus d'une fois faire le voyage de l'autre monde pour avoir mis mal à propos sa robe de chambre dans celui-ci ?

42

J'étais assis près de mon feu, après dîner, plié dans mon *habit de voyage*, et livré volontairement à toute son influence, en attendant l'heure du départ, lorsque les vapeurs de la digestion, se portant à mon cerveau, obstruèrent tellement les passages par lesquels les idées s'y rendaient en venant des sens que toute communication se trouva interceptée ; et de même que mes sens ne transmettaient plus aucune idée à mon cerveau, celui-ci, à son tour, ne pouvait plus envoyer le fluide électrique qui les anime et avec lequel l'ingénieux docteur *Valli* ressuscite des grenouilles mortes.

On concevra facilement, après avoir lu ce préambule, pourquoi ma tête tomba sur ma poitrine, et comment les muscles du pouce et de l'index de la main droite, n'étant plus irrités par ce fluide, se relâchèrent au point qu'un volume des œuvres du marquis Caraccioli, que je tenais serré entre ces deux doigts, m'échappa sans que je m'en aperçusse, et tomba sur le foyer.

Je venais de recevoir des visites, et ma conversation avec les personnes qui étaient sorties avait roulé sur la mort du fameux médecin *Cigna*, qui venait de mourir, et qui était universellement regretté : il était savant, laborieux, bon physicien et fameux botaniste. – Le mérite de cet homme habile occupait ma pensée ; et cependant, me disais-je, s'il m'était permis d'évoquer les âmes de tous ceux qu'il peut avoir fait passer dans l'autre monde, qui sait si sa réputation ne souffrirait pas quelque échec ?

Je m'acheminais insensiblement à une dissertation sur la médecine et sur les progrès qu'elle a faits depuis *Hippocrate*. – Je me demandais si les personnages fameux de l'antiquité qui sont morts dans leur lit, comme *Périclès, Platon*, la célèbre *Aspasie* et *Hippocrate* lui-même, étaient morts comme des gens ordinaires, d'une fièvre putride, inflammatoire ou vermineuse ; si on les avait saignés et bourrés de remèdes.

Dire pourquoi je songeai à ces quatre personnages plutôt qu'à d'autres, c'est ce qui ne me serait pas possible. – Qui peut rendre raison d'un songe ? Tout ce que je puis dire, c'est que ce fut mon âme qui évoqua le docteur de Cos, celui de Turin et le fameux homme d'Etat qui fit de si belles choses et de si grandes fautes.

Mais pour son élégante amie, j'avoue humblement que ce fut l'autre qui lui fit signe. – Cependant, quand j'y pense, je serais tenté d'éprouver un petit mouvement d'orgueil ; car il est clair que dans ce songe la balance en faveur de la raison était de quatre contre un. – C'est beaucoup pour un militaire de mon âge.

Quoi qu'il en soit, pendant que je me livrais à ces réflexions, mes yeux achevèrent de se fermer, et je m'endormis profondément ; mais, en fermant les yeux, l'image des personnages auxquels j'avais pensé demeura peinte sur cette toile fine qu'on appelle mémoire, et ces images se mêlant dans mon cerveau avec l'idée de l'évocation des morts, je vis bientôt arriver à la file *Hippocrate*, *Platon*, *Périclès*, *Aspasie* et le docteur *Cigna* avec sa perruque.

Je les vis tous s'asseoir sur les sièges encore rangés autour du feu ; *Périclès* seul resta debout pour lire les gazettes.

« Si les découvertes dont vous me parlez étaient vraies, disait *Hippocrate* au docteur, et si elles avaient été aussi utiles à la médecine que vous le prétendez, j'aurais vu diminuer le nombre des hommes qui descendent chaque jour dans le royaume sombre, et dont la liste commune, d'après les registres de *Minos*, que j'ai vérifiés moi-même, est constamment la même qu'autrefois. »

Le docteur *Cigna* se tourna vers moi : « Vous avez sans doute ouï parler de ces découvertes ? me dit-il ; vous connaissez celle *d'Harvey* sur la circulation du sang ;celle de l'immortel *Spallanzani* sur la digestion, dont nous connaissons maintenant tout le mécanisme ? » – Et il fit un long détail de toutes les découvertes qui ont trait à la médecine, et de la foule de remèdes qu'on doit à la chimie ; il fit enfin un discours académique en faveur de la médecine moderne.

« Croirai-je, lui répondis-je alors, que ces grands hommes ignorent tout ce que vous venez de leur dire, et que leur âme dégagée des entraves de la matière, trouve quelque chose d'obscur dans toute la nature ? – Ah !

quelle est votre erreur ! s'écria le *proto-médecin* du Péloponèse ; les mystères de la nature sont cachés aux morts comme aux vivants ; celui qui a créé et qui dirige tout sait lui seul le grand secret auquel les hommes s'efforcent en vain d'atteindre : voilà ce que nous apprenons de certain sur les bords du Styx ; et, croyez-moi, ajouta-t-il en adressant la parole au docteur, dépouillez-vous de ce reste d'esprit de corps que vous avez apporté du séjour des mortels ; et puisque les travaux de mille générations et toutes les découvertes des hommes n'ont pu allonger d'un seul instant leur existence ; puisque *Caron* passe chaque jour dans sa barque une égale quantité d'ombres, ne nous fatiguons plus à défendre un art qui, chez les morts où nous sommes, ne serait pas même utile aux médecins. » Ainsi parla le fameux *Hippocrate*, à mon grand étonnement.

Le docteur *Cigna* sourit ; et, comme les esprits ne sauraient se refuser à l'évidence ni taire la vérité, non seulement il fut de l'avis *d'Hippocrate*, mais il avoua même, en rougissant à la manière des intelligences, qu'il s'en était toujours douté.

Périclès, qui s'était approché de la fenêtre, fit un gros soupir, dont je devinai la cause. Il lisait un numéro du *Moniteur* qui annonçait la décadence des arts et des sciences ; il voyait des savants illustres quitter leurs sublimes spéculations peur inventer de nouveaux crimes ; et il frémissait d'entendre une horde de cannibales se comparer aux héros de la généreuse Grèce, en faisant périr sur l'échafaud, sans honte et sans remords, des vieillards vénérables, des femmes, des enfants, et commettant de sang-froid les crimes les plus atroces et les plus inutiles.

Platon, qui avait écouté sans rien dire notre conversation, la voyant tout à coup terminée d'une manière inattendue, prit la parole à son tour. « Je conçois, nous dit-il, comment les découvertes qu'ont faites vos grands hommes dans toutes les branches de la physique sont inutiles à la médecine, qui ne pourra jamais changer le cours de la nature qu'aux dépens de la vie des hommes ; mais il n'en sera pas de même, sans doute, des recherches qu'on a faites sur la politique. Les découvertes de *Locke* sur la nature de l'esprit humain, l'invention de l'imprimerie, les observations accumulées tirées de l'histoire, tant de livres profonds qui ont répandu la science jusque parmi le peuple ; – tant de merveilles enfin auront sans doute contribué à rendre les hommes meilleurs, et cette république heureuse et sage que j'avais imaginée, et que le siècle dans lequel je vivais m'avait fait regarder comme un songe impraticable, existe sans doute aujourd'hui dans le monde ? » A cette demande, l'honnête docteur baissa les yeux et ne répondit que par des larmes ; puis, comme il les essuyait avec son mouchoir, il fit involontairement tourner sa perruque, de manière qu'une partie de son visage en fut cachée. » Dieux immortels, dit *Aspasie* en poussant un cri perçant, quelle étrange figure ! est-ce donc une découverte de vos grands hommes qui vous a fait imaginer de vous coiffer ainsi avec le crâne d'un autre ? »

Aspasie, que les dissertations des philosophes faisaient bâiller s'était emparée d'un journal des modes qui était sur la cheminée, et qu'elle feuilletait depuis quelque temps, lorsque la perruque du médecin lui fit faire cette exclamation ; et comme le siège étroit et chancelant sur lequel elle était assise était fort incommode pour elle, elle avait placé sans façon ses deux jambes nues, ornées de bandelettes, sur la chaise de paille qui se trouvait entre elle et moi, et s'appuyait du coude sur une des larges épaules de *Platon*.

« Ce n'est pas un crâne lui répondit le docteur en prenant sa perruque et la jetant au feu ; c'est une perruque, mademoiselle, et je ne sais pourquoi je n'ai pas jeté cet ornement ridicule dans les flammes du Tartare lorsque j'arrivai parmi vous : mais les ridicules et les préjugés sont si fort inhérents à notre misérable nature, qu'ils nous suivent encore quelque temps au delà du tombeau. Je prenais un plaisir singulier à voir le docteur abjurer ainsi tout à la fois sa médecine et sa perruque.

« Je vous assure, lui dit *Aspasie*, que la plupart des coiffures qui sont représentées dans le cahier que je feuillette mériteraient le même sort que la vôtre, tant elles sont extravagantes ! » La belle Athénienne s'amusait extrêmement parcourir ces estampes, et s'étonnait avec raison de la variété et de la bizarrerie des ajustements modernes. Une figure entre autres la frappa : c'était celle d'une jeune dame représentée avec une coiffure des plus élégantes, et qu'*Aspasie* trouva seulement un peu trop haute ; mais la pièce de gaze qui couvrait la gorge était d'une ampleur si extraordinaire qu' « à peine apercevait-on la moitié du visage ». *Aspasie*, ne sachant pas que ces formes prodigieuses n'étaient que l'ouvrage de l'amidon, ne put s'empêcher de témoigner un étonnement qui aurait redoublé en sens inverse si la gaze eût été transparente.

« Mais apprenez-nous, dit-elle, pourquoi les femmes d'aujourd'hui semblent plutôt avoir des habillements pour se cacher que pour se vêtir : à peine laissent-elles apercevoir leur visage, auquel seul on peut reconnaître leur sexe, tant les formes de leur corps sont défigurées par les plis bizarres des étoffes ! De toutes les figures qui sont représentées dans ces feuilles, aucune ne laisse à découvert la gorge, les bras et les jambes : comment vos jeunes guerriers n'ont-ils pas tenté de détruire de semblables costumes ? Apparemment, ajouta-t-elle, la vertu des femmes d'aujourd'hui, qui se montre dans tous leurs habillements, surpasse de beaucoup celle de mes contemporaines ? » En finissant ces mots, *Aspasie* me regardait et semblait me demander une réponse. – Je feignis de ne pas m'en apercevoir ; – et pour me donner un air de distinction, je poussai sur la braise, avec des pincettes, les restes de la perruque du docteur qui avaient échappé à l'incendie. – M'apercevant ensuite qu'une des bandelettes qui serraient le brodequin d'*Aspasie* était dénouée : « Permettez, lui dis-je, charmante personne » et, en parlant ainsi, je me baissai vivement, portant les mains vers la chaise où je croyais voir ces deux jambes qui firent jadis extravaguer de grands philosophes.

Je suis persuadé que dans ce moment je touchais au véritable somnambulisme, car le mouvement dont je parle fut très réel ; mais *Rosine*, qui reposait en effet sur la chaise, prit ce mouvement pour elle, et, sautant légère-ment dans mes bras elle replongea dans les enfers les ombres fameuses évoquées par mon habit de voyage.

Charmant pays de l'imagination, toi que l'être bienfaisant par excellence a livré aux hommes pour les consoler de la réalité il faut que je te quitte. – C'est aujourd'hui que certaines personnes dont je dépends prétendent me rendre ma liberté. Comme s'ils me l'avaient enlevée ! comme s'il était en leur pouvoir de me la ravir un seul instant et de m'empêcher de parcourir à mon gré le vaste espace toujours ouvert devant moi ! – Ils m'ont défendu de parcourir une ville, un point ; mais ils m'ont laissé l'univers entier : l'immensité et l'éternité sont à mes ordres.

C'est aujourd'hui donc que je suis libre ou plutôt que je vais rentrer dans les fers ! Le joug des affaires va de nouveau peser sur moi ; je ne ferai plus un pas qui ne soit mesuré par la bienséance et le devoir. – Heureux encore si quelque déesse capricieuse ne me fait pas oublier l'un et l'autre, et si j'échappe à cette nouvelle et dangereuse captivité !

Eh ! que ne me laissait-on achever mon voyage ! Etait-ce donc pour me punir qu'on m'avait relégué dans ma chambre, – dans cette contrée délicieuse qui renferme tous les biens et toutes les richesses du monde ? Autant vaudrait exiler une souris dans un grenier.

Cependant jamais je ne me suis aperçu plus clairement que je suis *double*. – Pendant que je regrette mes jouissances imaginaires, je me sens consolé par force : une puissance secrète m'entraîne ; – elle me dit que j'ai besoin de l'air du ciel, et que la solitude ressemble à la mort. – Me voilà paré ; – ma porte s'ouvre ; – j'erre sous les spacieux portiques de la rue du Pô ; – mille fantômes agréables voltigent devant mes yeux. – Oui, voilà bien cet hôtel, – cette porte, cet escalier ; – je tressaille d'avance.

C'est ainsi qu'on éprouve un avant-goût acide lorsqu'on coupe un citron pour le manger.

Ô ma bête, ma pauvre bête, prends garde à toi.

FIN

DE VOYAGE AUTOUR DE MA CHAMBRE

EXPÉDITION NOCTURNE AUTOUR DE MA CHAMBRE

Écrit en 1825, ce récit est la suite trop méconnue du célèbre *Voyage autour de ma chambre*.

1

Pour jeter quelque intérêt sur la nouvelle chambre dans laquelle j'ai fait une expédition nocturne, je dois apprendre aux curieux comment elle m'était tombée en partage. Continuellement distrait de mes occupations dans la maison bruyante que j'habitais, je me proposais depuis longtemps de me procurer dans le voisinage une retraite plus solitaire, lorsqu'un jour, en parcourant une notice biographique sur M. de Buffon, j'y lus que cet homme célèbre avait choisi dans ses jardins un pavillon isolé, qui ne contenait aucun autre meuble qu'un fauteuil et le bureau sur lequel il écrivait, ni aucun autre ouvrage que le manuscrit auquel il travaillait.

Les chimères dont je m'occupe offrent tant de disparate avec les travaux immortels de M. de Buffon, que la pensée de l'imiter, même en ce point, ne me serait sans doute jamais venue à l'esprit sans un accident qui m'y détermina. Un domestique, en ôtant la poussière des meubles, crut en voir beaucoup sur un tableau peint au pastel que je venais de terminer, et l'essuya si bien avec un linge, qu'il parvint en effet à le débarrasser de toute la poussière que j'y avais arrangée avec beaucoup de soin. Après m'être mis fort en colère contre cet homme, qui était absent, et ne lui avoir rien dit quand il revint, suivant mon habitude, je me mis aussitôt en campagne, et je rentrai chez moi avec la clef d'une petite chambre que j'avais louée au cinquième étage dans la rue de la Providence. J'y fis transporter dans la même journée les matériaux de mes occupations favorites, et j'y passai dans la suite la plus grande partie de mon temps, à l'abri du fracas domestique et des nettoyeurs de tableaux. Les heures s'écoulaient pour moi comme des minutes dans ce réduit isolé, et plus d'une fois mes rêveries m'y ont fait oublier l'heure du dîner.

O douce solitude ! j'ai connu les charmes dont tu enivres tes amants. Malheur à celui qui ne peut être seul un jour de sa vie sans éprouver le tourment de l'ennui, et qui préfère, s'il le faut, converser avec des sots plutôt qu'avec lui- même !

Je l'avouerai toutefois, j'aime la solitude dans les grandes villes ; mais, à moins d'y être forcé par quelque circonstance grave, comme un voyage autour de ma chambre, je ne veux être ermite que le matin : le soir, j'aime à revoir les faces humaines. Les inconvénients de la vie sociale et ceux de la solitude se détruisent ainsi mutuellement, et ces deux modes d'existence s'embellissent l'un par l'autre.

Cependant l'inconstance et la fatalité des choses de ce monde sont telles, que la vivacité même des plaisirs dont je jouissais dans ma nouvelle demeure aurait dû me faire prévoir combien ils seraient de courte durée. La Révolution

française, qui débordait de toutes parts, venaient de surmonter les Alpes et se précipitait sur l'Italie. Je fus entraîné par la première vague jusqu'à Bologne. Je gardai mon ermitage, dans lequel je fis transporter tous mes meubles, jusqu'a des temps plus heureux. J'étais depuis quelques années sans patrie, j'appris un beau matin que j'étais sans emploi. Après une année passée tout entière à voir des hommes et des choses que je n'aimais guère, et à désirer des choses et dès hommes que je ne voyais plus, je revins à Turin. Il fallait prendre un parti. Je sortis de l'auberge de la Bonne Femme, où j'étais débarqué, dans l'intention de rendre la petite chambre au propriétaire et de me défaire de mes meubles.

En rentrant dans mon ermitage, j'éprouvai des sensations difficiles à décrire : tout y avait conservé l'ordre ; c'est-à-dire le désordre dans lequel je l'avais laissé : les meubles entassés contre les murs avaient été mis à l'abri de la poussière par la hauteur du gîte ; mes plumes étaient encore dans l'encrier desséché, et je trouvai sur la table une lettre commencée.

Je suis encore chez moi, me dis-je avec une véritable satisfaction. Chaque objet me rappelait quelque événement de ma vie, et ma chambre était tapissée de souvenirs. Au lieu de retourner à l'auberge, je pris la résolution de passer la nuit au milieu de mes propriétés. J'envoyai prendre ma valise, et je fis en même temps le projet de partir le lendemain, sans prendre congé ni conseil de personne, m'abandonnant sans réserve à la Providence.

2

Tandis que je faisais ces réflexions, et tout en me glorifiant d'un plan de voyage bien combiné, le temps s'écoulait, et mon domestique ne revenait point. C'était un homme que la nécessité m'avait fait prendre à mon service depuis quelques semaines et sur la fidélité duquel j'avais conçu des soupçons. L'idée qu'il pouvait m'avoir emporté ma valise s'était à peine présentée à moi que je courus à l'auberge : il était temps. Comme je tournais le coin de la rue où se trouve l'hôtel de la Bonne Femme, je le vis sortir précipitamment de la porte, précédé d'un portefaix chargé de ma valise. Il s'était chargé lui-même de ma cassette ; et, au lieu de tourner de mon côté, il s'acheminait à gauche dans une direction opposée à celle qu'il devait tenir. Son intention devenait manifeste. Je le joignis aisément, et, sans rien lui dire, je marchai quelque temps à côté de lui avant qu'il s'en aperçût. Si l'on voulait peindre l'expression de l'étonnement et de l'effroi portée au plus haut degré sur la figure humaine, il en aurait été le modèle parfait lorsqu'il me vit à ses côtés. J'eus tout le loisir d'en faire l'étude ; car il était si déconcerté de mon apparition inattendue et du sérieux avec lequel je le regardais qu'il continua de marcher quelque temps avec moi sans proférer une parole, comme si nous avions été à la promenade ensemble. Enfin, il balbutia le prétexte d'une affaire dans la rue Grand- Doire ; mais je le remis dans le bon chemin, et nous revînmes à la maison, où je le congédiai.

Ce fut alors seulement que je me proposai de faire un nouveau voyage dans ma chambre pendant la dernière nuit que je devais y passer, et je m'occupai à l'instant même des préparatifs.

3

Depuis longtemps je désirais revoir le pays que j'avais parcouru jadis si délicieusement, et dont la description ne me paraissait pas complète. Quelques amis qui l'avaient goûtée me sollicitaient de la continuer, et je m'y serais décidé plus tôt sans doute, si je n'avais pas été séparé de mes compagnons de voyage. Je rentrais à regret dans la carrière. Hélas ! j'y rentrais seul. J'allais voyager sans mon cher Joannetti et sans l'aimable Rosine. Ma première chambre elle-même avait subi la plus désastreuse révolution ; que dis-je ? elle n'existait plus, son enceinte faisait alors partie d'une horrible masure noircie par les flammes, et toutes les inventions meurtrières de la guerre s'étaient réunies pour la détruire de fond en comble. Le mur auquel était suspendu le portrait de Mme de Hautcastel avait été percé par une bombe. Enfin, si heureusement je n'avais pas fait mon voyage avant cette catastrophe, les savants de nos jours n'auraient jamais eu connaissance de cette chambre remarquable. C'est ainsi que, sans les observations d'Hipparque, ils ignoreraient aujourd'hui qu'il existait jadis une étoile de plus dans les pléiades, qui est disparue depuis ce fameux astronome. Déjà forcé par les circonstances, j'avais depuis quelque temps abandonné ma chambre et transporté mes pénates ailleurs. Le malheur n'est pas grand, dira-t-on. Mais comment remplacer Joannetti et Rosine ? Ah ! cela n'est pas possible. Joannetti m'était devenu si nécessaire que sa perte ne sera jamais réparée pour moi. Qui peut, au reste, se flatter de vivre toujours avec les personnes qu'il chérit ? Semblable à ces essaims de moucherons que l'on voit tourbillonner dans les airs pendant les belles soirées d'été, les hommes se rencontrent par hasard et pour bien peu de temps. Heureux encore si, dans leur mouvement rapide, aussi adroits que les moucherons, ils ne se rompent pas la tête les uns contre les autres !

Je me couchais un soir. Joannetti me servait avec son zèle ordinaire, et paraissait même plus attentif. Lorsqu'il emporta la lumière, je jetais les yeux sur lui, et je vis une altération marquée sur sa physionomie. Devais-je croire cependant que le pauvre Joannetti me servait pour la dernière fois ?

Je ne tiendrai point le lecteur dans une incertitude plus cruelle que la vérité. Je préfère lui dire sans ménagement que Joannetti se maria dans la nuit même et me quitta le lendemain.

Mais qu'on ne l'accuse pas d'ingratitude pour avoir quitté son maître si brusquement. Je savais son intention depuis longtemps, et j'avais eu tort de m'y opposer. Un officieux vint de grand matin chez moi pour me donner cette nouvelle, et j'eus le loisir, avant de revoir Joannetti, de me mettre en colère et de m'apaiser, ce qui lui épargna les reproches auxquels il s'attendait. Avant d'entrer dans ma chambre, il affecta de parler haut à quelqu'un depuis la galerie, pour me faire croire qu'il n'avait pas peur ; et, s'armant de toute l'effronterie qui pouvait entrer dans une bonne âme comme la sienne, il se présenta d'un air déterminé. Je lus à l'instant sur sa figure tout ce qui se passait dans son âme et je ne lui en sus pas mauvais gré. Les mauvais plaisants de nos jours ont tellement effrayé les bonnes gens sur ces dangers du mariage qu'un nouveau marié ressemble souvent à un homme qui vient de faire une chute épouvantable sans se faire aucun mal, et qui est à la fois troublé de frayeur et de satisfaction, ce qui lui donne un air ridicule. Il n'était donc pas étonnant que les actions de mon fidèle serviteur se ressentissent de la bizarrerie de sa situation.

« Te voilà donc marié, mon cher Joannetti ? » lui dis-je en riant.

Il ne s'était précautionné que contre ma colère, en sorte que tous ses préparatifs furent perdus. Il retomba tout à coup dans son assiette ordinaire, et même un peu plus bas, car il se mit à pleurer.

« Que voulez-vous, monsieur ! me dit-il d'une voix altérée, j'avais donné ma parole.

– Eh ! morbleu ! tu as bien fait, mon ami ; puisses-tu être content de ta femme, et surtout de toi-même ! puisses-tu avoir des enfants qui te ressemblent ! Il faudra donc nous séparer !

– Oui, monsieur : nous comptons aller nous établir à Asti.

– Et quand veux-tu me quitter ? »

Ici Joannetti baissa les yeux d'un air embarrassé, et répondit de deux tons plus bas :

« Ma femme a trouvé un voiturier de son pays qui retourne avec sa voiture vide, et qui part aujourd'hui. Ce serait une belle occasion ; mais... cependant... ce sera quand il plaira à Monsieur... quoiqu'une semblable occasion se retrouverait difficilement.

– Eh quoi ! si tôt ? » lui dis-je.

Un sentiment de regret et d'affection, mêlé d'une forte dose de dépit, me fit garder un instant le silence.

« Non, certainement, lui répondis-je assez durement, je ne vous retiendrai point : partez à l'heure même, si cela vous arrange. »

Joannetti pâlit.

« Oui, pars, mon ami, va trouver ta femme ; sois toujours aussi bon, aussi honnête que tu l'as été avec moi. »

Nous fîmes quelques arrangements ; je lui dis tristement adieu ; il sortit.

Cet homme me servait depuis quinze ans. Un instant nous a séparés. Je ne l'ai plus revu.

Je réfléchissais, en me promenant dans ma chambre, à cette brusque séparation. Rosine avait suivi Joannetti sans qu'il s'en aperçut. Un quart d'heure après, la porte s'ouvrit : Rosine entra. Je vis la main de Joannetti qui la poussa dans la chambre ; la porte se referma, et je sentis mon cœur se serrer... Il n'entre déjà plus chez moi ! –

Quelques minutes ont suffi pour rendre étrangers l'un à l'autre deux vieux compagnons de quinze ans. O triste triste condition de l'humanité, de ne pouvoir jamais trouver un seul objet stable sur lequel placer la moindre de ses affections !

4

_____

Rosine aussi vivait alors loin de moi. Vous apprendrez
sans doute avec quelque intérêt, ma chère Marie, qu'à
l'âge de quinze ans elle était encore le plus aimable des
animaux, et que la même supériorité d'intelligence qui la
distinguait jadis de toute son espèce lui servit également
à supporter le poids de la vieillesse. J'aurais désiré ne
m'en point séparer ; mais lorsqu'il s'agit du sort de ses
amis, ne doit-on consulter que son plaisir ou son intérêt ?
L'intérêt de Rosine était de quitter la vie ambulante
qu'elle menait avec moi, et de goûter enfin dans ses vieux
jours un repos que son maître n'espérait plus. Son grand
âge m'obligeait à la faire porter. Je crus devoir lui
accorder ses invalides. Une religieuse bienfaisante se
chargea de la soigner le reste de ses jours ; et je sais que
dans cette retraite elle a joui de tous les avantages que ses
bonnes qualités, son âge et sa réputation lui avaient si
justement mérités.

   Et puisque telle est la nature des hommes que le

bonheur semble n'être pas fait pour eux, puisque l'ami offense son ami sans le vouloir, et que les amants eux-mêmes ne peuvent vivre sans se quereller ; enfin, puisque, depuis Lycurgue jusqu'à nos jours, tous les législateurs ont échoué dans leurs efforts pour rendre les hommes heureux, j'aurai du moins la consolation d'avoir fait le bonheur d'un chien.

5

Maintenant que j'ai fait connaître au lecteur les derniers traits de l'histoire de Joannetti et de Rosine, il ne me reste plus qu'à dire un mot de l'âme et de la bête pour être parfaitement en règle avec lui. Ces deux personnages, le dernier surtout, ne joueront plus un rôle aussi intéressant dans mon voyage. Un aimable voyageur qui a suivi la même carrière que moi prétend qu'ils doivent être fatigués. Hélas ! il n'a que trop raison. Ce n'est pas que mon âme ait rien perdu de son activité, autant du moins qu'elle peut s'en apercevoir ; mais ses relations avec l'autre ont changé. Celle-ci n'a plus la même vivacité dans ses réparties ; elle n'a plus.., comment expliquer cela ?... J'allais dire la même présence d'esprit, comme si une bête pouvait en avoir ! Quoi qu'il en soit, et sans entrer dans une explication embarrassante, je dirai seulement qu'entraîné par la confiance que me témoignait la jeune Alexandrine, je lui avais écrit une lettre assez tendre, lorsque j'en reçus une réponse polie, mais froide, qui finissait par ces propres termes :

« Soyez sûr, Monsieur, que je conserverai toujours pour vous les sentiments de l'estime la plus sincère. »

Juste Ciel ! m'écriai-je aussitôt, me voilà perdu. Depuis ce jour fatal, je résolus de ne plus mettre en avant mon système de l'âme et de la bête. En conséquence, sans faire de distinction entre ces deux êtres et sans les séparer, je les ferai passer l'un portant l'autre, comme certains marchands leurs marchandises, et je voyagerai en bloc pour éviter tout inconvénient.

6

Il serait inutile de parler des dimensions de ma nouvelle chambre. Elle ressemble si fort à la première, qu'on s'y méprendrait au premier coup d'œil, si, par une précaution de l'architecte, le plafond ne s'inclinait obliquement du côté de la rue, et ne laissait au toit la direction qu'exigent les lois de l'hydraulique pour l'écoulement de la pluie. Elle reçoit le jour par une seule ouverture de deux pieds et demi de large sur quatre pieds de haut, élevée de six sept pieds environ au-dessus du plancher, et à laquelle on arrive au moyen d'une petite échelle.

L'élévation de ma fenêtre au-dessus du plancher est une de ces circonstances heureuses qui peuvent être également dues au hasard ou au génie de l'architecte. Le jour presque perpendiculaire qu'elle répandait dans mon réduit lui donnait un aspect mystérieux. Le temple antique du Panthéon reçoit le jour à peu près de la même manière. En outre, aucun objet extérieur ne pouvait me distraire. Semblable à ces navigateurs qui, perdus sur le vaste océan, ne voient plus que le ciel et la mer, je ne voyais que le ciel et ma chambre, et les objets extérieurs les plus voisins sur lesquels pouvaient se porter mes regard étaient la lune ou l'étoile du matin : ce qui me mettait dans un rapport immédiat avec le ciel, et donnait mes pensées un vol élevé qu'elles n'auraient jamais eu si j'avais choisi mon logement au rez-de-chaussée.

La fenêtre dont j'ai parlé s'élevait au-dessus du toit et formait la plus jolie lucarne : sa hauteur sur l'horizon était si grande que, lorsque les premiers rayons du soleil venaient l'éclairer, il faisait encore sombre dans la rue. Aussi je jouissais d'une des plus belles vues qu'on puisse imaginer. Mais la plus belle vue nous fatigue bientôt lorsqu'on la voit trop souvent : l'œil s'y habitue, et l'on n'en fait plus de cas. La situation de ma fenêtre me préservait encore de cet inconvénient, parce que je ne voyais jamais le magnifique spectacle de la campagne de Turin sans monter quatre ou cinq échelons, ce qui me procurait des jouissances toujours vives, parce qu'elles étaient ménagées. Lorsque, fatigué, je voulais me donner une agréable récréation, je terminais ma journée en montant à ma fenêtre.

Au premier échelon, je ne voyais encore que le ciel ; bientôt le temple colossal de Supergue commençait à paraître. La colline de Turin sur laquelle je repose s'élevait peu à peu devant moi couverte de forêts et de riches vignobles, offrant avec orgueil au soleil couchant ses jardins et ses palais, tandis que des habitations simples et modestes semblaient se cacher à moitié dans ses vallons, pour servir de retraite au sage et favoriser ses méditations.

Charmante colline ! tu m'as vu souvent rechercher tes retraites solitaires et préférer tes sentiers écartés aux promenades brillantes de la capitale ; tu m'as vu souvent perdu dans tes labyrinthes de verdure, attentif au chant de l'alouette matinale, le cœur plein d'une vague inquiétude et du désir ardent de me fixer pour jamais dans tes vallons enchantés. – Je te salue, colline charmante ! tu es peinte dans mon cœur ! Puisse la rosée céleste rendre, s'il est possible, tes champs plus fertiles et tes bocages plus touffus ! puissent tes habitants jouir en paix de leur bonheur, et tes ombrages leur être favorables et salutaires ! puisse enfin ton heureuse terre être toujours le doux asile de la vraie philosophie, de la science modeste, de l'amitié sincère et hospitalière que j'y ai trouvées !

7

Je commençai mon voyage à huit heures du soir précises. Le temps était calme et promettait une belle nuit. J'avais pris mes précautions pour ne pas être dérangé par des visites, qui sont très rares à la hauteur où je logeais, dans les circonstances surtout où je me trouvais alors, et pour rester seul jusqu'à minuit. Quatre heures suffisaient amplement à l'exécution de mon entreprise, ne voulant faire pour cette fois qu'une simple excursion autour de ma chambre. Si le premier voyage a duré quarante-deux jours, c'est parce que je n'avais pas été le maître de le faire plus court. Je ne voulus pas non plus m'assujettir à voyager beaucoup en voiture, comme auparavant, persuadé qu'un voyageur pédestre voit beaucoup de choses qui échappent à celui qui court la poste. Je résolus donc d'aller alternativement, et suivant les circonstances, à pied ou à cheval ; nouvelle méthode que je n'ai pas encore fait connaître et dont on verra bientôt l'utilité. Enfin, je me proposai de prendre des notes en chemin, et d'écrire mes observations à mesure que je les faisais, pour ne rien oublier.

Afin de mettre de l'ordre dans mon entreprise, et de lui donner une nouvelle chance de succès, je pensai qu'il fallait commencer par composer une épître dédicatoire, et l'écrire en vers pour la rendre plus intéressante. Mais deux difficultés m'embarrassaient et faillirent m'y faire renoncer, mal gré tout l'avantage que j'en pourrais tirer. La première était de savoir à qui j'adresserais l'épître, la seconde comment je m'y prendrais pour faire des vers. Après y avoir mûrement réfléchi, je ne tardai pas à comprendre qu'il était raisonnable de faire premièrement mon épître de mon mieux, et de chercher ensuite quelqu'un à qui elle pût convenir. Je me mis à l'instant à l'ouvrage, et je travaillai pendant plus d'une heure sans pouvoir trouver une rime au premier vers que j'avais fait, et que je voulais conserver parce qu'il me paraissait très heureux. Je me souvins alors fort à propos d'avoir lu quelque part que le célèbre Pope ne composait jamais rien d'intéressant sans être obligé de déclamer longtemps à haute voix et de s'agiter en tout sens dans son cabinet pour exciter sa verve. J'essayai à l'instant de l'imiter. Je pris les poésies d'Ossian et je les récitai tout haut, en me promenant à grands pas pour me monter à l'enthousiasme.

Je vis en effet que cette méthode exaltait insensiblement mon imagination, et me donnait un sentiment secret de capacité poétique dont j'aurais certainement profité pour composer avec succès mon épître dédicatoire en vers, si malheureusement je n'avais oublié l'obliquité du plafond de ma chambre, dont l'abaissement rapide empêcha mon front d'aller aussi avant que mes pieds dans la direction

que j'avais prise. Je frappai si rudement de la tête contre cette maudite cloison, que le toit de la maison en fut ébranlé : les moineaux qui dormaient sur les tuiles s'envolèrent épouvantés, et le contre-coup me fit reculer de trois pas en arrière.

8

Tandis que je me promenais ainsi pour exciter ma verve, une jeune et jolie femme qui logeait au-dessous de moi, étonnée du tapage que je faisais, et croyant peut-être que je donnais un bal dans ma chambre, députa son mari pour s'informer de la cause du bruit. J'étais encore tout étourdi de la contusion que j'avais reçue, lorsque la porte s'entr'ouvrit. Un homme âgé, portant un visage mélancolique, avança la tête, et promena ses regards curieux dans la chambre. Quand la surprise de me trouver seul lui permit de parler :

« Ma femme a la migraine, monsieur, me dit-il d'un air fâché. Permettez-moi de vous faire observer que... »

Je l'interrompis aussitôt, et mon style se ressentit de la hauteur de mes pensées.

« Respectable messager de ma belle voisine, lui dis-je dans le langage des bardes, pourquoi tes yeux brillent-ils sous tes épais sourcils, comme deux météores dans la forêt noire de Cromba ? Ta belle compagne est un rayon de lumière, et je mourrais mille fois plutôt que de vouloir troubler son repos ; mais ton aspect, ô respectable messager ! ... ton aspect est sombre comme la voûte la plus reculée de la caverne de Camora, lorsque les nuages amoncelés de la tempête obscurcissent la face de la nuit et pèsent sur les campagnes silencieuses de Morven. »

Le voisin qui n'avait apparemment jamais lu les poésies d'Ossian, prit, mal à propos, l'accès d'enthousiasme qui m'animait pour un accès de folie, et parut fort embarrassé. Mon Intention n'étant point de l'offenser, je lui offris un siège, et je le priai de s'asseoir ; mais je m'aperçus qu'il se retirait doucement, et se signait en disant à demi-voix : E matto, per Bacco, è matto !

9

———————

Je le laissai sortir sans vouloir approfondir jusqu'à quel point son observation était fondée, et je m'assis à mon bureau pour prendre note de ces événements, comme je fais toujours ; mais à peine eus-je ouvert un tiroir dans lequel j'espérais trouver du papier, que je le refermai brusquement, troublé par un des sentiments les plus désagréables que l'on puisse éprouver, celui de l'amour-propre humilié. L'espèce de surprise dont je fus saisi dans cette occasion ressemble à celle qu'éprouve un voyageur altéré lorsque, approchant ses lèvres d'une fontaine limpide, il aperçoit au fond de l'eau une grenouille qui le regarde. Ce n'était cependant autre chose que les ressorts et la carcasse d'une colombe artificielle qu'à l'exemple d'Archytas je m'étais proposé jadis de faire voler dans les airs. J'avais travaillé sans relâche a sa construction pendant plus de trois mois. Le jour de l'essai venu, je la plaçai sur le bord d'une table, après avoir soigneusement fermé la porte, afin de tenir la découverte secrète et de causer une aimable surprise à mes amis. Un fil tenait le mécanisme immobile. Qui pourrait imaginer les palpitations de mon cœur et les angoisses de mon amour- propre lorsque j'approchai les ciseaux pour couper le lien fatal ? ... Zest ! ... le ressort de la colombe part et se développe avec bruit. Je lève les yeux pour la voir passer ; mais, après avoir fait quelques tours sur elle-même, elle tombe et va se cacher sous la table. Rosine, qui dormait là, s'éloigna tristement. Rosine, qui ne vit jamais ni poulet, ni pigeon, ni le plus petit oiseau sans les attaquer et les poursuivre, ne daigna pas même regarder ma colombe qui se débattait sur le plancher... Ce fut le coup de grâce pour mon amour-propre. J'allai prendre l'air sur les remparts.

10

Tel fut le sort de ma colombe artificielle. Tandis que le génie de la mécanique la destinait à suivre l'aigle dans les cieux, le destin lui donna les inclinaisons d'une taupe.

Je me promenais tristement et découragé, comme on l'est toujours après une grande espérance déçue, lorsque, levant les yeux, j'aperçus un vol de grues qui passait sur ma tête. Je m'arrêtai pour les examiner. Elles s'avançaient en ordre triangulaire, comme la colonne anglaise à la bataille de Fontenoy. Je les voyais traverser le ciel de nuage en nuage.

« Ah ! quelles volent bien, disais-je tout bas ; avec quelle assurance elles semblent glisser sur l'invisible sentier qu'elles parcourent ! »

L'avouerai-je ? hélas ! qu'on me le pardonne ! l'horrible sentiment de l'envie est une fois, une seule fois entré dans mon cœur, et c'était pour des grues. Je les poursuivais de mes regards jaloux jusqu'aux bornes de l'horizon.

Longtemps immobile au milieu de la foule qui se prome-
nait, j'observais le mouvement rapide des hirondelles, et
je m'étonnais de les voir suspendues dans les airs, comme
si je n'avais jamais vu ce phénomène. Le sentiment d'une
admiration profonde, inconnue pour moi jusqu'alors,
éclairait mon âme. Je croyais voir la nature pour la
première fois. J'entendais avec surprise le bourdonne-
ment des mouches, le chant des oiseaux, et ce bruit
mystérieux et confus de la création vivante qui célèbre
involontairement son auteur. Concert ineffable, auquel
l'homme seul a le privilège sublime de pouvoir joindre
des accents de reconnaissance !

« Quel est l'auteur de ce brillant mécanisme ?
m'écriais- je dans le transport qui m'animait. Quel est
celui qui, ouvrant sa main créatrice, laissa échapper la
première hirondelle dans les airs ? – celui qui donna
l'ordre à ces arbres de sortir de la terre et d'élever leurs
rameaux vers le ciel ? – Et toi, qui t'avances majestueuse-
ment sous leur ombre, créature ravissante, dont les traits
commandent le respect et l'amour, qui t'a placée sur la
surface de la terre pour l'embellir ? Quelle est la pensée
qui dessina tes formes divines, qui fut assez puissante
pour créer le regard et le sourire de l'innocente beauté ! ...
Et moi-même, qui sens palpiter mon cœur... quel est le
but de mon existence ? – Que suis-je, et d'où viens-je,
moi l'auteur de la colombe artificielle centripète ?... »

A peine eus-je prononcé ce mot barbare que, revenant
tout coup à moi comme un homme endormi sur lequel on
jetterait un seau d'eau, je m'aperçus que plusieurs
personnes m'avaient entouré pour m'examiner, tandis que
mon enthousiasme me faisait parler seul. Je vis alors la

belle Georgine qui me devançait de quelques pas. La moitié de sa joue gauche, chargée de rouge, que j'entrevoyais à travers les boucles de sa perruque blonde, acheva de me remettre au courant des affaires de ce monde, dont je venais de faire une petite absence.

11

Dès que je fus un peu remis du trouble que m'avait causé l'aspect de ma colombe artificielle, la douleur de la contusion que j'avais reçue se fit sentir vivement. Je passai la main sur mon front, et j'y reconnus une nouvelle protubérance précisément à cette partie de la tête où le docteur Gall a placé la protubérance poétique. Mais je n'y songeais point alors, et l'expérience devait seule me démontrer la vérité du système de cet homme célèbre.

Après m'être recueilli quelques instants pour faire un dernier effort en faveur de mon épître dédicatoire, je pris un crayon et me mis à l'ouvrage. Quel fut mon étonnement ! ... les vers coulaient d'eux-mêmes sous ma plume : j'en remplis deux pages en moins d'une heure, et je conclus de cette circonstance que, si le mouvement était nécessaire à la tête de Pope pour composer des vers, il ne fallait pas moins qu'une contusion pour en tirer de la mienne. Je ne donnerai cependant pas au lecteur ceux que je fis alors, parce que la rapidité prodigieuse avec laquelle se succédaient les aventures de mon voyage m'empêcha d'y mettre la dernière main. Malgré cette réticence, il n'est pas douteux qu'on doit regarder l'accident qui m'était arrivé comme une découverte précieuse, et dont les poètes ne sauraient trop user.

Je suis en effet si convaincu de l'infaillibilité de cette nouvelle méthode que, dans le poème en vingt-quatre chants que j'ai composé depuis lors, et qui sera publié avec la Prisonnière de Pignerol, je n'ai pas cru nécessaire jusqu'à présent de commencer les vers ; mais j'ai mis au net cinq cents pages de notes, qui forment, comme on le sait, tout le mérite et le volume de la plupart des poèmes modernes.

Comme je rêvais profondément à mes découvertes, en marchant dans ma chambre, je rencontrai mon lit, sur lequel je tombai assis, et ma main se trouvant par hasard placée sur mon bonnet, je pris le parti de m'en couvrir la tête et de me coucher.

12

J'étais au lit depuis un quart d'heure, et, contre mon ordinaire, je ne dormais point encore. A l'idée de mon épître
dédicatoire avaient succédé les réflexions les plus tristes ;
ma lumière, qui tirait vers sa fin, ne jetait plus qu'une
lueur inconstante et lugubre du fond de la bobèche, et ma
chambre avait l'air d'un tombeau. Un coup de vent ouvrit
tout à coup la fenêtre, éteignit ma bougie, et ferma la
porte avec violence. La teinte noire de mes pensées s'ac-
crut avec l'obscurité.

Tous mes plaisirs passés, toutes mes peines présentes,
vinrent fondre à la fois dans mon cœur, et le remplirent
de regrets et d'amertume.

Quoique je fasse des efforts continuels pour oublier
mes chagrins et les chasser de ma pensée, il m'arrive
quelquefois, lorsque je n'y prends pas garde, qu'ils
rentrent tous à la fois dans ma chambre, comme si on
leur ouvrait une écluse. Il ne me reste plus d'autre parti à
prendre dans ces occasions que de m'abandonner au

torrent qui m'entraîne, et mes idées deviennent alors si noires, tous les objets me paraissent si lugubres, que je finis ordinairement par rire de ma folie : en sorte que le remède se trouve dans la violence même du mal.

J'étais encore dans toute la force d'une de ces crises mélancoliques, lorsqu'une partie de la bouffée de vent qui avait ouvert ma fenêtre et fermé ma porte en passant, après avoir fait quelques tours dans ma chambre, feuilleté mes livres et jeté une feuille volante de mon voyage par terre, entra finalement dans mes rideaux et vint mourir sur ma joue. Je sentis la douce fraîcheur de la nuit, et, regardant cela comme une invitation de sa part, je me levai tout de suite, et j'allai sur mon échelle jouir du calme de la nature.

13

_____

Le temps était serein : la voie lactée, comme un léger nuage, partageait le ciel ; un doux rayon partait de chaque étoile pour venir jusqu'à moi, et, lorsque j'en examinais une attentivement, ses compagnes semblaient scintiller plus vivement pour attirer mes regards.

C'est un charme toujours nouveau pour moi que celui de contempler le ciel étoilé, et je n'ai pas à me reprocher d'avoir fait un seul voyage, ni même une simple promenade nocturne, sans payer le tribut d'admiration que je dois aux merveilles du firmament. Quoique je sente toute l'impuissance de ma pensée dans ces hautes méditations, je trouve un plaisir inexprimable à m'en occuper. J'aime à penser que ce n'est point le hasard qui conduit jusqu'à mes yeux cette émanation des mondes éloignés, et chaque étoile verse avec sa lumière un rayon d'espérance dans mon cœur ! Et quoi ! ces merveilles n'auraient-elles d'autre rapport avec moi que celui de briller à mes yeux ? Et ma pensée qui s'élève jusqu'à elles, mon cœur qui s'émeut à leur aspect, leur seraient-ils étrangers ?... Spectateur éphémère d'un spectacle éternel, l'homme lève un instant les yeux vers le ciel, et les referme pour toujours ; mais, pendant cet instant rapide qui lui est accordé, de tous les points du ciel et depuis les bornes de l'univers, un rayon consolateur part de chaque monde et vient frapper ses regards, pour lui annoncer qu'il existe un rapport entre l'immensité et lui, et qu'il est associé à l'éternité.

14

Un sentiment fâcheux troublait cependant le plaisir que j'éprouvais en me livrant à ces méditations. Combien peu de personnes, me disais-je, jouissent maintenant avec moi du spectacle sublime que le ciel étale inutilement pour les hommes assoupis ! ... Passe encore pour ceux qui dorment ; mais qu'en coûterait-il à ceux qui se promènent, a ceux qui sortent en foule du théâtre de regarder un instant et d'admirer les brillantes constellations qui rayonnent de toutes parts sur leur tête ? – Non, les spectateurs attentifs de Scapin ou de Jocrisse ne daigneront pas lever les yeux : Ils vont rentrer brutalement chez eux, ou ailleurs, sans songer que le ciel existe. Quelle bizarrerie ! ... parce qu'on peut le voir souvent et gratis, ils n'en veulent pas. Si le firmament était toujours voilé pour nous, si le spectacle qu'il nous offre dépendait d'un entrepreneur, les premières loges sur les toits seraient hors de prix, et les dames de Turin s'arracheraient ma lucarne.

« Oh ! si j'étais souverain d'un pays, m'écriai-je saisi d'une juste indignation, je ferais chaque nuit sonner le tocsin, et j'obligerais mes sujets de tout âge de tout sexe et de toute condition, de se mettre à la fenêtre et de regarder les étoiles. »

Ici la raison, qui, dans mon royaume, n'a qu'un droit contesté de remontrance, fut cependant plus heureuse qu'à l'ordinaire dans les représentations qu'elle me proposa au sujet de l'édit inconsidéré que je voulais proclamer dans mes Etats.

« Sire, me dit-elle, Votre Majesté ne daignerait-elle pas faire une exception en faveur des nuits pluvieuses, puisque, dans ce cas, le ciel étant couvert... – Fort bien, fort bien, répondis-je, je n'y avais pas songé : vous noterez une exception en faveur des nuits pluvieuses. – Sire, ajouta-t- elle, je pense qu'il serait à propos d'excepter aussi les nuits sereines, lorsque le froid est excessif et que la bise souffle, puisque l'exécution rigoureuse de l'édit accablerait vos heureux sujets de rhumes et de catarrhes. »

Je commençais à voir beaucoup de difficultés dans l'exécution de mon projet ; mais il m'en coûtait de revenir sur mes pas.

« Il faudra, dis-je, écrire au Conseil de médecine et à l'Académie des sciences pour fixer le degré du thermomètre centigrade auquel mes sujets pourront se dispenser de se mettre à la fenêtre ; mais je veux, j'exige absolument que l'ordre soit exécuté à la rigueur.

– Et les malades, Sire ?

– Cela va sans dire ; qu'ils soient exceptés ; l'humanité doit aller avant tout.

— Si je ne craignais de fatiguer Votre Majesté, je lui ferais encore observer que l'on pourrait (dans le cas où elle le jugerait à propos et que la chose ne présentât pas de grands inconvénients) ajouter aussi une exception en faveur des aveugles, puisque, étant privés de l'organe de la vue...

— Eh bien, est-ce tout ? interrompis-je avec humeur.

— Pardon, Sire ; mais les amoureux ? Le cœur débonnaire de Votre Majesté pourrait-il les contraindre à regarder aussi les étoiles ?

— C'est bon, c'est bon, dit le roi ; remettons cela : nous y penserons à tête reposée. Vous me donnerez un mémoire détaillé là-dessus. »

Bon dieu ! ... bon Dieu ! ... combien il faut y réfléchir avant de donner un édit de haute police !

15

Les étoiles les plus brillantes n'ont jamais été celles que je contemple avec plus de plaisir ; mais les plus petites, celles qui, perdues dans un éloignement incommensurable, ne paraisse que comme des points imperceptibles, ont toujours été mes étoiles favorites. La raison en est toute simple : on concevra facilement qu'en faisant faire à mon imagination autant de chemin de l'autre côté de leur sphère que mes regards en font de celui-ci pour parvenir jusqu'à elles, je me trouve porté sans effort à une distance où peu de voyageurs sont parvenus avant moi, et je m'étonne, en me trouvant là, de n'être encore qu'au commencement de ce vaste univers ; car il serait, je crois, ridicule de penser qu'il existe une barrière au delà de laquelle le néant commence, comme si le néant était plus facile à comprendre que l'existence ! Après la dernière étoile, j'en imagine encore une autre, qui ne saurait non plus être la dernière. En assignant des limites à la création, tant soient- elles éloignées, l'univers ne me paraît plus qu'un point lumineux, comparé à l'immensité de l'espace vide qui l'environne, à cet affreux et sombre néant, au milieu duquel il serait suspendu comme une lampe solitaire. – Ici je me couvris les yeux avec les deux mains, pour m'éloigner toute espèce de distraction, et donner à mes idées la profondeur qu'un semblable sujet exige ; et, faisant un effort de tête surnaturel, je composai un système de monde, le plus complet qui ait encore paru. Le voici dans tous ses détails ! Il est le résultat des méditations de toute ma vie. « Je crois que l'espace étant... » Mais ceci mérite un chapitre à part ; et, vu l'importance de la matière, il sera le seul de mon voyage qui portera un titre.

16

Système du Monde.

Je crois donc que l'espace étant infini, la création l'est aussi, et que Dieu a créé dans son éternité une infinité, dans l'immensité de l'espace, de mondes

17

J'avouerai cependant de bonne foi que je ne comprends guère mieux mon système que tous les autres systèmes éclos jusqu'à ce jour de l'imagination des philosophes anciens et modernes ; mais le mien a l'avantage précieux d'être contenu dans quatre lignes ; tout énorme qu'il est.

Le lecteur indulgent voudra bien observer aussi qu'il a été composé tout entier au sommet d'une échelle. Je l'aurais cependant embelli de commentaires et de notes, si dans le moment où j'étais le plus fortement occupé de mon sujet, je n'avais été distrait par des chants enchanteurs qui vinrent frapper agréablement mon oreille. Une voix telle que je n'en ai jamais entendu de plus mélodieuse, sans en excepter même celle de Zénéide, une de ces voix qui sont toujours à l'unisson des fibres de mon cœur, chantait tout près de moi une romance dont je ne perdis pas un mot, et qui ne sortira jamais de ma mémoire. En écoutant avec attention, je découvris que la voix partait d'une fenêtre plus basse que la mienne :

malheureusement je ne pouvais la voir, l'extrémité du toit, au-dessus duquel s'élevait ma lucarne, la cachant à mes yeux. Cependant le désir d'apercevoir la sirène qui me charmait par ses accords augmentait à proportion du charme de la romance, dont les paroles touchantes auraient arraché des larmes à l'être le plus insensible. Bientôt ne pouvant plus résister à ma curiosité, je montai jusqu'au dernier échelon, je mis un pied sur le bord du toit, et, me tenant d'une main au montant de la fenêtre, je me suspendis ainsi sur la rue, au risque de me précipiter.

Je vis alors sur un balcon à ma gauche, un peu au-dessous de moi, une jeune femme en déshabillé blanc : sa main soutenait sa tête charmante, assez penchée pour laisser entrevoir, à la lueur des astres, le profil le plus intéressant, et son attitude semblait imaginée pour présenter dans tout son jour, à un voyageur aérien comme moi, une taille svelte et bien prise ; un de ses pieds nus, jeté négligemment en arrière, était tourné, de façon qu'il m'était possible, malgré l'obscurité, d'en présumer les heureuses dimensions, tandis qu'une jolie petite mule, dont il était séparé, les déterminait encore mieux à mon œil curieux. Je vous laisse à penser, ma chère Sophie, quelle était la violence de ma situation. Je n'osais faire la moindre exclamation, de peur d'effaroucher ma belle voisine, ni le moindre mouvement, de peur de tomber dans la rue. Un soupir m'échappa cependant malgré moi ; mais je fus à temps d'en retenir la moitié ; le reste fut emporté par un zéphir qui passait, et j'eus tout le loisir d'examiner la rêveuse, soutenu dans cette position périlleuse par l'espoir d'entendre chanter encore. Mais, hélas ! sa romance était finie, et mon mauvais destin lui fit garder le silence le plus

opiniâtre. Enfin, après avoir attendu bien longtemps, je crus pouvoir me hasarder à lui adresser la parole ; il ne s'agissait plus que de trouver un compliment digne d'elle et des sentiments qu'elle m'avait inspirés. Oh ! combien je regrettai de n'avoir pas terminé mon épître dédicatoire en vers ! comme je l'aurais placée à propos dans cette occasion ! Ma présence d'esprit ne m'abandonna cependant pas au besoin. Inspiré par la douce influence des astres et par le désir plus puissant encore de réussir auprès d'une belle, après avoir toussé légèrement pour la prévenir et pour rendre le son de ma voix plus doux :

« Il fait bien beau temps cette nuit », lui dis-je du ton le plus affectueux qu'il me fut possible.

18

Je crois entendre d'ici Mme de Hautcastel, qui ne me passe rien, me demander compte de la romance dont j'ai parlé dans le chapitre précédent. Pour la première fois de ma vie, je me trouve dans la dure nécessité de lui refuser quelque chose. Si j'insérais ces vers dans mon voyage, on ne manquerait pas de m'en croire l'auteur, ce qui m'attirerait, sur la nécessité des confusions, plus d'une mauvaise plaisanterie que je veux éviter. Je continuerai donc la relation de mon aventure avec mon aimable voisine, aventure dont la catastrophe inattendue, ainsi que la délicatesse avec laquelle je l'ai conduite, sont faites pour intéresser toutes les classes de lecteurs. Mais avant de savoir ce qu'elle me répondit, et comment fut reçu le compliment ingénieux que je lui avais adressé, je dois répondre d'avance à certaines personnes qui se croient plus éloquentes que moi, et qui me condamneront sans pitié pour avoir commencé la conversation d'une manière si triviale à leurs sens. Je leur prouverai que si j'avais fait de l'esprit dans cette occasion importante, j'aurais manqué ouvertement aux règles de la prudence et du bon goût. Tout homme qui entre en conversation avec une belle en disant un bon mot ou en faisant un compliment, quelque flatteur qu'il puisse être, laisse entrevoir des prétentions qui ne doivent paraître que lorsqu'elles commencent à être fondées. En outre, s'il fait de l'esprit, il est évident qu'il cherche à briller, et par conséquent qu'il pense moins à sa dame qu'à lui-même. Or, les dames veulent qu'on s'occupe d'elles ; et, quoiqu'elles ne fassent pas toujours exactement les mêmes réflexions que je viens d'écrire, elles possèdent un sens exquis et naturel qui leur apprend qu'une phrase triviale, dite par le seul motif de lier la conversation et de s'approcher d'elles, vaut mille fois mieux qu'un trait d'es-prit inspiré par la vanité, et mieux encore (ce qui paraîtra bien étonnant) qu'une épître dédicatoire en vers. Bien plus, je soutiens (dût mon sentiment être regardé comme un paradoxe) que cet esprit léger et brillant de la conversation n'est pas même nécessaire dans la plus longue liaison, si c'est vrai-ment le cœur qui l'a formée ; et, malgré tout ce que les personnes qui n'ont aimé qu'à demi disent des longs intervalles que laissent entre eux les sentiments vifs de l'amour et de l'amitié, la journée est toujours courte lors-qu'on la passe auprès de son amie, et le silence est aussi intéressant que la discussion.

Quoi qu'il en soit de ma dissertation, il est très sûr que je ne vis rien de mieux à dire, sur le bord du toit où je me trouvais, que les paroles en question. Je ne les eus pas plutôt prononcées que mon âme se transporta tout entière au tympan de mes oreilles, pour saisir jusqu'à la moindre

nuance des sons que j'espérais entendre. La belle releva sa tête pour me regarder ; ses longs cheveux se déployèrent comme un voile, et servirent de fond à son visage charmant qui réfléchissait la lumière mystérieuse des étoiles. Déjà sa bouche était entr'ouverte, ses douces paroles s'avançaient sur ses lèvres... Mais, ô ciel ! quelle fut ma surprise et ma terreur ! ... Un bruit sinistre se fit entendre :

« Que faites-vous là madame, à cette heure ? Rentrez ! » dit une voix mâle et sonore, dans l'intérieur de l'appartement.

Je fus pétrifié.

19

Tel doit être le bruit qui vient effrayer les coupables lorsqu'on ouvre tout à coup devant eux les portes brûlantes
du Tartare ; ou tel encore doit être celui que font, sous les
voûtes infernales, les sept cataractes du Styx, dont les
poètes ont oublié de parler.

20

Un feu follet traversa le ciel en ce moment, et disparut presque aussitôt. Mes yeux, que la clarté du météore avait détournés un instant, se reportèrent sur le balcon, et n'y virent plus que la petite pantoufle. Ma voisine, dans sa retraite précipitée, avait oublié de la reprendre. Je contemplai longtemps ce joli moule d'un pied digne du ciseau de Praxitèle avec une émotion dont je n'oserais avouer toute la force, mais, ce qui pourra paraître bien singulier, et ce dont je ne saurais me rendre raison à moi-même, c'est qu'un charme insurmontable m'empêchait d'en détourner mes regards, malgré tous les efforts que je faisais pour les porter sur d'autres objets.

On raconte que, lorsqu'un serpent regarde un rossignol, le malheureux oiseau, victime d'un charme irrésistible, est forcé de s'approcher du reptile vorace. Ses ailes rapides ne lui servent plus qu'à le conduire à sa perte, et chaque effort qu'il fait pour s'éloigner le rapproche de l'ennemi qui le poursuit de son regard inévitable.

Tel était sur moi l'effet de cette pantoufle, sans que cependant je puisse dire avec certitude qui, de la pantoufle ou de moi, était le serpent, puisque, selon les lois de la physique, l'attraction devait être réciproque. Il est certain que cette influence funeste n'était point un jeu de mon imagination. J'étais si réellement et si fortement attiré, que je fus deux fois au moment de lâcher la main et de me laisser tomber. Cependant, comme le balcon sur lequel je voulais aller n'était pas exactement sous ma fenêtre, mais un peu de côté, je vis fort bien que, la force de gravitation inventée par Newton venant à se combiner avec l'attraction oblique de la pantoufle, j'aurais suivi dans ma chute une diagonale, et je serais tombé sur une guérite qui ne me paraissait pas plus grosse qu'un œuf, de la hauteur où je me trouvais, en sorte que mon but aurait été manqué... Je me cramponnai donc plus fortement encore à la fenêtre, et faisant un effort de résolution, je parvins à lever les yeux et à regarder le ciel.

21

Je serais fort en peine d'expliquer et de définir exactement l'espèce de plaisir que j'éprouvais dans cette
circonstance. Tout ce que je puis affirmer, c'est qu'il
n'avait rien de commun avec celui que m'avait fait
ressentir, quelques moments plus tôt, l'aspect de la voie
lactée et du ciel étoilé. Cependant, comme dans les situations embarrassantes de ma vie j'ai toujours aimé à me
rendre raison de ce qui se passe dans mon âme, je voulus
en cette occasion me faire une idée bien nette du plaisir
que peut ressentir un honnête homme lorsqu'il contemple
la pantoufle d'une dame, comparé au plaisir que lui fait
éprouver la contemplation des étoiles. Pour cet effet, je
choisis dans le ciel la constellation la plus apparente.
C'était, si je ne me trompe, la chaise de Cassiopée qui se
trouvait au-dessus de ma tête, et je regardai tour à tour la
constellation et la pantoufle, la pantoufle et la constellation. Je vis alors que ces deux sensations étaient de
nature toute différente : l'une était dans ma tête, tandis

que l'autre semblait avoir son siège dans la région du cœur. Mais ce que je n'avouerai pas sans un peu de honte, c'est que l'attrait qui me portait vers la pantoufle enchantée absorbait toutes mes facultés. L'enthousiasme que m'avait causé, quelque temps auparavant, l'aspect du ciel étoilé n'existait plus que faiblement, et bientôt il s'anéantit tout à fait lorsque j'entendis la porte du balcon se rouvrir, et que j'aperçus un petit pied, plus blanc que l'albâtre, s'avancer doucement et s'emparer de la petite mule. Je voulus parler, mais n'ayant pas eu le temps de me préparer comme la première fois, je ne trouvai plus ma présence d'esprit ordinaire, et j'entendis la porte du balcon se refermer avant d'avoir imaginé quelque chose de convenable à dire.

22

Les chapitres précédents suffiront, j'espère, pour répondre victorieusement à une inculpation de Mme de Hautcastel, qui n'a pas craint de dénigrer mon premier voyage, sous le prétexte qu'on n'a pas l'occasion d'y faire l'amour. Elle ne pourrait faire ce nouveau voyage le même reproche ; et, quoique mon aventure avec mon aimable voisine n'ait pas été poussée bien loin, je puis assurer que jy trouvai plus de satisfaction que dans plus d'une autre circonstance où je m'étais imaginé être très heureux, faute d'objet de comparaison. Chacun jouit de la vie à sa manière ; mais je croirais manquer à ce que je dois à la bienveillance du lecteur, si je lui laissais ignorer une découverte qui, plus que tout autre chose, a contribué jusqu'ici à mon bonheur (à condition toutefois que cela restera entre nous) : car il ne s'agit de rien moins que d'une nouvelle méthode de faire l'amour, beaucoup plus avantageuse que la précédente, sans avoir aucun de ses

nombreux inconvénients. Cette invention étant spéciale-
ment destinée aux personnes qui voudront adopter ma
nouvelle manière de voyager, je crois devoir consacrer
quelques chapitres à leur instruction.

23

J'avais observé, dans le cours de ma vie, que, lorsque j'étais amoureux suivant la méthode ordinaire, mes sensations ne répondaient jamais à mes espérances, et que mon imagination se voyait déjouée dans tous ses plans. En y réfléchissant avec attention, je pensai que, s'il m'était possible d'étendre le sentiment qui me porte à l'amour individuel sur tout le sexe qui en est l'objet, je me procurerais des jouissances nouvelles sans me compromettre en aucune façon. Quel reproche, en effet, pourrait-on faire à un homme qui se trouverait pourvu d'un cœur assez énergique pour aimer toutes les femmes aimables de l'univers ? Oui, madame, je les aime toutes, et non seulement celles que je connais ou que j'espère rencontrer, mais toutes celles qui existent sur la surface de la terre. Bien plus, j'aime toutes les femmes qui ont existé, et celles qui existeront, sans compter un bien plus grand nombre encore que mon imagination tire du néant :

toutes les femmes possibles enfin sont comprises dans le vaste cercle de mes affections.

Par quel injuste et bizarre caprice renfermerais-je un cœur comme le mien dans les bornes étroites d'une société ? Que dis-je ! pourquoi circonscrire son essor aux limites d'un royaume ou même d'une république ?

Assise au pied d'un chêne battu par la tempête, une jeune veuve indienne mêle ses soupirs au bruit des vents déchaînés. Les armes du guerrier qu'elle aimait sont suspendues sur sa tête, et le bruit lugubre qu'elles font entendre en se heurtant ramène dans son cœur le souvenir de son bonheur passé. Cependant la foudre sillonne les nuages, et la lumière livide des éclairs se réfléchit dans ses yeux immobiles. Tandis que le bûcher qui doit la consumer s'élève, seule, sans consolation, dans la stupeur du désespoir, elle attend une mort affreuse qu'un préjugé cruel lui fait préférer à la vie.

Quelle douce et mélancolique jouissance n'éprouve point un homme sensible en approchant de cette infortunée pour la consoler ! Tandis qu'assis sur l'herbe à côté d'elle je cherche à la dissuader de l'horrible sacrifice, et que, mêlant mes soupirs aux siens et mes larmes à ses larmes, je tâche de la distraire de ses douleurs, toute la ville accourt chez Mme d'A***, dont le mari vient de mourir d'un coup d'apoplexie. Résolue aussi de ne point survivre à son malheur, insensible aux larmes et aux prières de ses amis, elle se laisse mourir de faim ; et, depuis ce matin, où imprudemment on est venu lui annoncer cette nouvelle, la malheureuse n'a mangé qu'un biscuit, et n'a bu qu'un petit verre de vin de Malaga. Je ne donne à cette femme désolée que la simple attention nécessaire pour ne pas enfreindre les lois de mon système universel, et je m'éloigne bientôt de chez elle, parce que je suis naturellement jaloux, et ne veux pas me compromettre avec une foule de consolateurs, non plus qu'avec les personnes trop aisées à consoler.

Les beautés malheureuses ont particulièrement des droits sur mon cœur, et le tribut de sensibilité que je leur dois n'affaiblit point l'intérêt que je porte à celles qui sont heureuses. Cette disposition varie à l'infini mes plaisirs, et me permet de passer tout à tour de la mélancolie à la gaieté, et d'un repos sentimental à l'exaltation.

Souvent aussi je forme des intrigues amoureuses dans l'histoire ancienne, et j'efface des lignes entières dans les vieux registres du destin. Combien de fois n'ai-je pas arrêté la main parricide de Virginius et sauvé la vie à sa fille infortunée, victime à la fois de l'excès du crime et de celui de la vertu ! Cet événement me remplit de terreur lorsqu'il revient à ma pensée ; je ne m'étonne point s'il fut l'origine d'une révolution.

J'espère que les personnes raisonnables, ainsi les que âmes compatissantes, me sauront gré d'avoir arrangé cette affaire à l'amiable ; et tout homme qui connaît un peu le monde jugera comme moi que, si on avait laissé faire le décemvir, cet homme passionné n'aurait pas manqué de rendre justice à la vertu de Virginie : les parents s'en seraient mêlés ; le père Virginius, à la fin, se serait apaisé et le mariage s'en serait suivi dans toutes les formes voulues par la loi.

Mais le malheureux amant délaissé, que serait-il devenu ? Eh bien, l'amant, qu'a-t-il gagné à ce meurtre ?

Mais, puisque vous voulez bien vous apitoyer sur son

sort, je vous apprendrai, ma chère Marie, que six mois
après la mort de Virginie, il était non seulement consolé,
mais très heureusement marié, et qu'après avoir eu
plusieurs enfants il perdit sa femme, et se remaria, six
semaines après, avec la veuve d'un tribun du peuple. Ces
circonstances, ignorées jusqu'à ce jour, ont été découvertes et déchiffrées dans un manuscrit palimpseste de la
bibliothèque Ambroisienne par un savant antiquaire
italien. Elles augmenteront malheureusement d'une page
l'histoire abominable et déjà trop longue de la république
romaine.

24

Après avoir sauvé l'intéressante Virginie, j'échappe modestement à sa reconnaissance ; et, toujours désireux de rendre service aux belles, je profite de l'obscurité d'une nuit pluvieuse, et je vais furtivement ouvrir le tombeau d'une jeune vestale, que le sénat romain a eu la barbarie de faire enterrer vivante pour avoir laissé éteindre le feu sacré de Vesta, ou peut-être bien pour s'y être légèrement brûlée. Je marche en silence dans les rues de Rome avec le charme intérieur qui précède les bonnes actions, surtout lorsqu'elles ne sont pas sans danger. J'évite avec soin le Capitole, de peur d'éveiller les oies, et, me glissant à travers les gardes de la porte Colline, j'arrive heureusement au tombeau sans être aperçu.

Au bruit que je fais en soulevant la pierre qui la couvre, l'infortunée détache sa tête échevelée du sol humide du caveau. Je la vois, à la lueur de la lampe sépulcrale, jeter autour d'elle des regards égarés. Dans son délire, la malheureuse victime croit être déjà sur les rives du Cocyte.

« O Minos ! s'écrie-t-elle, ô juge inexorable ! j'aimais, il est vrai, sur la terre, contre les lois sévères de Vesta. Si les dieux sont aussi barbares que les hommes, ouvre, ouvre pour moi les abîmes du Tartare ! J'aimais et j'aime encore. – Non, non, tu n'es point encore dans le royaume des morts ; viens, jeune infortunée, reparais sur la terre ! renais à la lumière et à l'amour ! »

Cependant, je saisis sa main déjà glacée par le froid de la tombe ; je l'enlève dans mes bras, je la serre contre mon cœur, et je l'arrache enfin de cet horrible lieu, toute palpitante de frayeur et de reconnaissance.

Gardez-vous bien de croire, madame, qu'aucun intérêt personnel soit le mobile de cette bonne action. L'espoir d'intéresser en ma faveur la belle ex-vestale n'entre pour rien dans tout ce que je fais pour elle, car je rentrerais ainsi dans l'ancienne méthode ; je puis assurer, parole de voyageur, qui, tant qu'a duré notre promenade, depuis la porte Colline jusqu'à l'endroit où se trouve maintenant le tombeau des Scipions, malgré l'obscurité profonde, et dans les moments mêmes où sa faiblesse m'obligeait de la soutenir dans mes bras, je n'ai cesser de la traiter avec les égards et le respect dus à ses malheurs, et je l'ai scrupuleusement rendue à son amant, qui l'attendait sur la route.

25

Une autre fois, conduit par mes rêveries, je me trouvai par hasard à l'enlèvement des Sabines. Je vis avec beaucoup de surprise que les Sabins prenaient la chose tout autrement que ne le raconte l'histoire. N'entendant rien à cette bagarre, j'offris ma protection à une femme qui fuyait, et je ne pus m'empêcher de rire, en l'accompagnant, lorsque j'entendis un Sabin furieux s'écrier avec l'accent du désespoir :

« Dieux immortels ! pourquoi n'ai-je point amené ma femme à la fête ! »

26

Outre la moitié du genre humain à laquelle je porte une vive affection, le dirai-je, et voudra-t-on me croire ? mon cœur est doué d'une telle capacité de tendresse que tous les êtres vivants et les choses inanimées elles-mêmes en ont aussi une bonne part. J'aime les arbres qui me prêtent leur ombre, et les oiseaux qui gazouillent sous le feuillage, et le cri nocturne de la chouette, et le bruit des torrents ; j'aime tout... j'aime la lune !

Vous riez, mademoiselle : il est aisé de tourner en ridicule les sentiments que l'on n'éprouve pas ; mais les cœurs qui ressemblent au mien me comprendront.

Oui, je m'attache d'une véritable affection à tout ce qui m'entoure ; j'aime les chemins où je passe, la fontaine dans laquelle je bois ; le ne me sépare pas sans peine du rameau que j'ai pris au hasard dans une haie je le regarde encore après l'avoir jeté : nous avions déjà fait connaissance ; je regrette les feuilles qui tombent et jusqu'au zéphyr qui passe. Où est maintenant celui qui agitait tes cheveux noirs. Elisa, lorsque assise auprès de moi sur les bords de la Doire, la veille de notre éternelle séparation tu me regardais dans un triste silence ? Où est ton regard ? où est cet instant douloureux et chéri ?

O Temps ! divinité terrible ! ce n'est pas ta faux cruelle qui m'épouvante ; je ne crains que tes hideux enfants, l'Indifférence et l'Oubli, qui font une longue mort de ces trois quarts de notre existence.

Hélas ! ce zéphyr, ce regard, ce sourire, sont aussi loin de moi que les aventures d'Ariane ; il ne reste plus au fond de mon cœur que des regrets et de vains souvenirs : triste mélange sur lequel ma vie surnage encore, comme un vaisseau fracassé par la tempête flotte quelque temps encore sur la mer agitée...

27

Jusqu'a ce que l'eau s'introduisant peu à peu entre les planches brisées, le malheureux vaisseau disparaisse englouti dans l'abîme. Les vagues le recouvrent, la tempête s'apaise, et l'hirondelle de mer rase la plaine solitaire et tranquille de l'Océan.

28

Je me vois forcé de terminer ici l'explication de ma nouvelle méthode de faire l'amour, parce que je m'aperçois qu'elle tombe dans le noir. Il ne sera pas cependant hors de propos d'ajouter encore quelques éclaircissements sur cette découverte, et qui ne convient pas généralement à tout le monde ni à tous les âges. Je ne conseillerais à personne de la mettre en usage à vingt ans. L'inventeur lui-même n'en usait pas à cette époque de sa vie. Pour en tirer tout le parti possible, il faut avoir éprouvé tous les chagrins de la vie sans être découragé, et toutes les jouissances sans en être dégoûté. Point difficile ! Elle est surtout utile à cet âge où la raison nous conseille de renoncer aux habitudes de la jeunesse, et peut servir d'intermédiaire et de passage insensible entre le plaisir et la sagesse. Ce passage, comme l'ont observé tous les moralistes, est très difficile. Peu d'hommes ont le noble courage de le franchir galamment, et souvent, après avoir fait le pas, ils s'ennuient sur l'autre bord, et repassent le fossé en cheveux gris et à leur grande honte. C'est ce qu'ils éviteront sans peine par ma nouvelle manière de faire l'amour. En effet, la plupart de nos plaisirs n'étant autre chose qu'un jeu de l'imagination, il est essentiel de lui présenter une pâture innocente pour la détourner des objets auxquels nous devons renoncer, à peu près comme l'on présente des joujoux aux enfants lorsqu'on leur refuse des bonbons. De cette manière, on a le temps de s'affermir sur le terrain de la sagesse sans penser y être encore, et l'on y arrive par le chemin de la folie, ce qui en facilitera singulièrement l'accès à beaucoup de monde.

Je crois donc ne m'être point trompé dans l'espoir d'être utile qui m'a fait prendre la plume, et je n'ai plus qu'à me défendre du mouvement naturel d'amour-propre que je pourrais légitimement ressentir en dévoilant aux hommes de semblables vérités.

29

Toutes ces confidences, ma chère Sophie, ne vous auront pas fait oublier, j'espère, la position gênante dans laquelle vous m'avez laissé sur ma fenêtre. L'émotion que m'avait causée l'aspect du joli pied de ma voisine durait encore, et j'étais plus que jamais retombé sous le charme dangereux de la pantoufle, lorsqu'un événement imprévu vint me tirer du péril où j'étais de me précipiter du cinquième étage dans la rue. Une chauve-souris qui rôdait autour de la maison, et qui, me voyant immobile depuis si longtemps, me prit apparemment pour une cheminée, vint tout à coup s'abattre sur moi et s'accrocher à mon oreille. Je sentis sur ma joue l'horrible fraîcheur de ses ailes humides. Tous les échos de Turin répondirent au cri furieux que je poussai malgré moi. Les sentinelles éloignées donnèrent le Qui vive ? et j'entendis dans la rue la marche précipitée d'une patrouille.

J'abandonnai sans beaucoup de peine la vue du balcon, qui n'avait plus aucun attrait pour moi. Le froid de la nuit m'avait saisi ; un léger frisson me parcourut de la tête aux pieds, et, comme je croisais ma robe de chambre pour me réchauffer, je vis, à mon grand regret, que cette sensation de froid, jointe à l'insulte de la chauve-souris, avait suffi pour changer de nouveau le cours de mes idées. La pantoufle magique n'aurait pas eu dans ce moment plus d'influence sur moi que la chevelure de Bérénice ou toute autre constellation. Je calculai tout de suite combien il était déraisonnable de passer la nuit exposé à l'intempérie de l'air, au lieu de suivre le vœu de la nature, qui nous ordonne le sommeil. Ma raison, qui dans ce moment agissait seule en moi, me fit voir cela prouvé comme une proposition d'Euclide. Enfin je fus tout à coup privé d'imagination et d'enthousiasme, et livré sans recours à la triste réalité. Existence déplorable ! autant vaudrait-il être un arbre sec dans une forêt, ou bien un obélisque au milieu d'une place.

Les deux étranges machines, m'écriai-je alors, que la tête et le cœur de l'homme ! Emporté tour à tour par ces deux mobiles de ses actions dans deux directions contraires, la dernière qu'il suit lui semble toujours la meilleure ! O folie de l'enthousiasme et du sentiment ! dit la froide raison ; ô faiblesse et incertitude de la raison ! dit le sentiment. Qui pourra jamais, qui osera décider entre eux ?

Je pensai qu'il serait beau de traiter la question sur place, et de décider une bonne fois auquel de ces deux guides il convenait de me confier pour le reste de ma vie. Suivrai-je désormais ma tête ou mon cœur ? Examinons.

30

En disant ces mots, je m'aperçus d'une douleur sourde dans celui de mes pieds qui reposait sur l'échelle. J'étais en outre très fatigué de la position difficile que j'avais gardée jusqu'alors. Je me baissai doucement pour m'asseoir, et, laissant pendre mes jambes à droite et à gauche de la fenêtre, je commençai mon voyage à cheval. J'ai toujours préféré cette manière de voyager à toute autre, et j'aime passionnément les chevaux ; cependant, de tous ceux que j'ai vus ou dont j'ai pu entendre parler, celui dont j'aurais le plus ardemment désiré la possession est le cheval de bois dont il est parlé dans les Mille et une Nuits, sur lequel on pouvait voyager dans les airs, et qui partait comme l'éclair lorsqu'on tournait une petite cheville entre ses oreilles.

Or l'on peut remarquer que ma monture ressemble beaucoup à celle des Mille et une Nuits. Par sa position, le voyageur à cheval sur sa fenêtre communique d'un côté avec le ciel et jouit de l'imposant spectacle de la nature : les météores et les astres sont à sa disposition ; de l'autre, l'aspect de sa demeure et les objets qu'elle contient le ramènent à l'idée de son existence et le font rentrer en lui-même. Un seul mouvement de la tête remplace la cheville enchantée, et suffit pour opérer dans l'âme du voyageur un changement aussi rapide qu'extraordinaire. Tour à tour habitant de la terre et des cieux, son esprit et son cœur parcourent toutes les jouissances qu'il est donné à l'homme d'éprouver.

Je pressentis d'avance tout le parti que je pouvais tirer de ma monture. Lorsque je me sentis bien en selle et arrangé de mon mieux, certain de n'avoir rien à craindre des voleurs ni des faux pas de mon cheval, je crus l'occasion très favorable pour me livrer à l'examen du problème que je devais résoudre touchant la prééminence de la raison ou du sentiment. Mais la première réflexion que je fis à ce sujet m'arrêta tout court. Est-ce bien à moi de m'établir juge dans une semblable cause ? me dis-je tout bas ; à moi qui, dans ma conscience, donne d'avance gain de cause au sentiment ? – Mais, d'autre part, si j'exclus les personnes dont le cœur l'emporte sur la tête, qui pourrai-je consulter ? Un géomètre ? Bah ! ces gens-là sont vendus à la raison. Pour décider ce point, il faudrait trouver un homme qui eût reçu de la nature une égale dose de raison et de sentiment, et qu'au moment de la décision ces deux facultés fussent parfaitement en équilibre...chose impossible ! il serait plus aisé d'équilibrer une république.

Le seul juge compétent serait donc celui qui n'aurait rien de commun ni avec l'un ni avec l'autre, un homme enfin sans tête et sans cœur. Cette étrange conséquence révolta ma raison ; mon cœur, de son côté, protesta n'y avoir aucune part. Cependant il me semblait avoir raisonné juste, et j'aurais, cette occasion, pris la plus mauvaise idée de mes facultés intellectuelles, si je n'avais réfléchi que, dans les spéculations de haute métaphysique comme celle dont il est question des philosophes du premier ordre ont été souvent conduits, par des raisonnements suivis, à des conséquences affreuses, qui ont influé sur le bonheur de la société humaine. Je me consolai donc, pendant que le résultat de mes spéculations ne ferait au moins de mal à personne. Je laissai la question indécise, et je résolus, pour le reste de mes jours, de suivre alternativement ma tête ou mon cœur, suivant que l'un d'eux l'emporterait sur l'autre. Je crois, en effet, que c'est la meilleure méthode. Elle ne m'a pas fait faire, à la vérité, une grande fortune jusqu'ici me disais-je. N'importe, je vais, descendant le sentier rapide de la vie, sans crainte et sans projets, en riant et en pleurant tour à tour, et souvent à la fois, ou bien en sifflant quelque vieux air pour me désennuyer le long du chemin. D'autres fois, je cueille une marguerite dans le coin d'une haie ; j'en arrache les feuilles les unes après les autres, en disant :

« Elle m'aime un peu, beaucoup, passionnément, pas du tout ».

La dernière amène presque toujours pas du tout. En effet, Elisa ne m'aime plus.

Tandis que je m'occupe ainsi, la génération entière des vivants passe : semblable à une immense vague, elle va bientôt se briser avec moi sur le rivage de l'éternité ; et, comme si l'orage de la vie n'était pas assez impétueux, comme s'il nous poussait trop lentement aux barrières de l'existence, les nations en masse s'égorgent au courant et préviennent le terme fixé par la nature. Des conquérants, entraînés eux-mêmes par le tourbillon rapide du temps, s'amusent à jeter des milliers d'hommes sur le carreau. Eh ! Messieurs, à quoi songez-vous ? Attendez ... ces bonnes gens allaient mourir de leur belle mort. Ne voyez- vous pas la vague qui s'avance ? Elle écume déjà près du rivage... Attendez, au nom du Ciel, encore un instant, et vous, et vos ennemis, et moi, et les marguerites, tout cela va finir ! Peut-on s'étonner assez d'une semblable démence ? Allons, c'est un point résolu, dorénavant moi-même je n'effeuillerai plus de marguerites.

31

Après m'être fixé pour l'avenir une règle de conduite prudente au moyen d'une logique lumineuse, comme on l'a vu dans les chapitres précédents, il me restait un point très important à décider au sujet du voyage que j'allais entreprendre. Ce n'est pas tout, en effet, que de se placer en voiture ou à cheval : il faut encore savoir où l'on veut aller. J'étais si fatigué des recherches métaphysiques dont je venais de m'occuper qu'avant de me décider sur la région du globe à laquelle je donnerais la préférence, je voulus me reposer quelque temps en ne pensant à rien. C'est une manière d'exister qui est aussi de mon invention, et qui m'a souvent été d'un grand avantage ; mais il n'est pas accordé à tout le monde de savoir en user : car s'il est aisé de donner de la profondeur à ses idées en s'occupant fortement d'un sujet, il ne l'est point autant d'arrêter tout à coup sa pensée comme l'on arrête le balancier d'une pendule. Molière a fort mal à propos tourné en ridicule un homme qui s'amusait à faire des ronds dans un puits : je serais, quant à moi, très porté à croire que cet homme était un philosophe qui avait le pouvoir de suspendre l'action de son intelligence pour se reposer, opération des plus difficiles que puisse exécuter l'esprit humain. Je sais que les personnes qui ont reçu cette faculté sans l'avoir désirée et qui ne pensent ordinairement à rien, m'accuseront de plagiat et réclameront la priorité d'invention ; mais l'état d'immobilité intellectuelle dont je veux parler est tout autre que celui dont ils jouissent et dont M. Necker a fait l'apologie. Le mien est toujours volontaire et ne peut être que momentané. Pour en jouir dans toute sa plénitude, je fermai les yeux en m'appuyant des deux mains sur la fenêtre, comme un cavalier fatigué s'appuie sur le pommeau de sa selle et bientôt le souvenir du passé, le sentiment du présent et la prévoyance de l'avenir s'anéantirent dans mon âme.

Comme ce mode d'existence favorise puissamment l'invasion du sommeil, après une demi-minute de jouissance, je sentis que ma tête tombait sur ma poitrine. J'ouvris à l'instant les yeux, et mes idées reprirent leur cours : circonstance qui prouve évidemment que l'espèce de léthargie volontaire dont il s'agit est bien différente du sommeil, puisque je fus éveillé par le sommeil lui-même, accident qui n'est certainement jamais arrivé à personne.

En élevant mes regards vers le ciel, j'aperçus l'étoile polaire sur le faîte de la maison, ce qui me parut d'un bien bon augure au moment où j'allais entreprendre un long voyage. Pendant l'intervalle de repos dont je venais de jouir, mon imagination avait repris toute sa force, et mon cœur était prêt à recevoir les plus douces impressions : tant ce passager anéantissement de la pensée peut augmenter son énergie ! Le fond de chagrin que ma situation précaire dans le monde me faisait sourdement éprouver fut remplacé tout à coup par un sentiment vif d'espérance et de courage : je me sentis capable d'affronter la vie et toutes les chances d'infortune ou de bonheur qu'elle traîne après elle.

Astre brillant ! m'écriai-je dans l'extase délicieuse qui me ravissait, incompréhensible production de l'éternelle pensée ! toi qui seul, immobile dans les cieux, veilles depuis le jour de la création sur une moitié de la terre ! toi qui diriges le navigateur sur les déserts de l'Océan, et dont un seul regard a souvent rendu l'espoir et la vie au matelot pressé par la tempête ! si jamais, lorsqu'une nuit sereine m'a permis de contempler le ciel, je n'ai manqué de te chercher parmi tes compagnes, assiste-moi, lumière céleste ! Hélas ! la terre m'abandonne : sois aujourd'hui mon conseil et mon guide, apprends-moi quelle est la région du globe où je dois me fixer !

Pendant cette invocation, l'étoile semblait rayonner plus vivement et se réjouir dans le ciel, en m'invitant de me rapprocher de son influence protectrice.

Je ne crois pas aux pressentiments, mais je crois à une providence divine qui conduit les hommes par des moyens inconnus. Chaque instant de notre existence est une création nouvelle, un acte de la toute-puissante volonté. L'ordre inconstant qui produit les formes toujours nouvelles et les phénomènes inexplicables des nuages est déterminé pour chaque instant jusque dans la moindre parcelle d'eau qui les compose : lés événements de notre

vie ne sauraient avoir d'autre cause, et les attribuer au

hasard serait le comble de la folie. Je puis même assurer qu'il m'est quelquefois arrivé d'entrevoir des fils imperceptibles avec lesquels la Providence fait agir les plus grands hommes comme des marionnettes, tandis qu'ils s'imaginent conduire le monde ; un petit mouvement d'orgueil qu'elle leur souffle dans le cœur suffit pour faire périr des armées entières, et pour retourner une nation sens dessus dessous. Quoi qu'il en soit, je croyais si fermement à la réalité de l'invitation que j'avais reçue de l'étoile polaire que mon parti fut pris à l'instant même d'aller vers le nord ; et quoique je n'eusse dans ces régions éloignées aucun point de préférence ni aucun but déterminé, lorsque je partis de Turin le jour suivant, je sortis par la porte Palais, qui est au nord de la ville, persuadé que l'étoile polaire ne m'abandonnerait pas.

32

J'en étais là de mon voyage, lorsque je fus obligé de descendre précipitamment de cheval. Je n'aurais pas tenu compte de cette particularité, si je ne devais en conscience instruire les personnes qui voudraient adopter cette manière de voyager des petits inconvénients qu'elle présente, après leur en avoir exposé les immenses avantages.

Les fenêtres, en général, n'ayant pas été primitivement inventées pour la nouvelle destination que je leur ai donnée, les architectes qui les construisent négligent de leur donner la forme commode et arrondie d'une selle anglaise. Le lecteur intelligent comprendra, je l'espère, sans autre explication, la cause douloureuse qui me força de faire une halte. Je descendis assez péniblement, et je fis quelques tours à pied dans la longueur de ma chambre pour me dégourdir, en réfléchissant, sur le mélange de peines et de plaisirs dont la vie est parsemée, ainsi que sur l'espèce de fatalité qui rend les hommes esclaves des circonstances les plus insignifiantes. Après quoi je m'empressai de remonter à cheval, muni d'un coussin d'édredon : ce que je n'aurais pas osé faire quelques jours auparavant, de crainte d'être hué par la cavalerie ; mais, ayant rencontré la veille aux portes de Turin un parti de Cosaques qui arrivaient sur de semblables coussins des bords des Palus-Méotides et de la mer Caspienne, je crus, sans déroger aux lois de l'équitation, que je respecte beaucoup, pouvoir adopter le même usage.

Délivré de la sensation désagréable que j'ai laissé deviner, je pus m'occuper sans inquiétude de mon plan de voyage.

Une des difficultés qui me tracassaient le plus, parce qu'elle tenait à ma conscience, était de savoir si je faisais bien ou mal d'abandonner ma patrie, dont la moitié m'avait elle-même abandonné. Une semblable démarche me semblait trop importante pour m'y décider légère-ment. En réfléchissant sur ce mot de patrie, je m'aperçus que je n'en avais pas une idée bien claire.

« Ma patrie ? En quoi consiste la patrie ? Serait-ce un assemblage de maisons, de champs, de rivières ? Je ne saurais le croire. C'est peut-être ma famille, mes amis, qui constituent ma patrie ? mais ils l'ont déjà quittée. Ah ! m'y voilà, c'est le gouvernement ? mais il est changé. Bon Dieu ! où donc est ma patrie ? »

Je passai la main sur mon front dans un état d'inquié-tude inexprimable. L'amour de la patrie est tellement énergique ! Les regrets que j'éprouvais moi-même à la seule pensée d'abandonner la mienne m'en prouvaient si bien la réalité que je serais resté à cheval toute ma vie plutôt que de désemparer avant d'avoir coulé à fond cette difficulté.

Je vis bientôt que l'amour de la patrie dépend de plusieurs éléments réunis, c'est-à-dire de la longue habitude que prend l'homme, depuis son enfance, des individus, de la localité et du gouvernement. Il ne s'agissait plus que d'examiner en quoi ces trois bases contribuent, chacune pour leur part, à constituer la patrie.

L'attachement à nos compatriotes, en général dépend du gouvernement, et n'est autre chose que le sentiment de la force et du bonheur qu'il nous donne en commun ; car le véritable attachement se borne à la famille et à un petit nombre d'individus dont nous sommes environnés immédiatement. Tout ce qui rompt l'habitude ou la facilité de se rencontrer rend les hommes ennemis : une chaîne de montagnes forme de part et d'autre des ultramontains qui ne s'aiment pas ; les habitants de la rive droite d'un fleuve se croient fort supérieurs à ceux de la rive gauche, et ceux- ci se moquent à leur tour de leurs voisins. Cette disposition se remarque jusque dans les grandes villes partagées par un fleuve, malgré les ponts qui réunissent ses bords. La différence du langage éloigne bien davantage encore les hommes du même gouvernement ; enfin la famille elle- même, dans laquelle réside notre véritable affection, est souvent dispersée dans la patrie ; elle change continuellement dans la forme et dans le nombre ; en outre, elle peut être transportée. Ce n'est donc ni dans nos compatriotes ni dans notre famille que réside absolument l'amour de la patrie.

La localité contribue pour le moins autant à l'attachement que nous portons à notre pays natal. Il se présente à ce sujet une question fort intéressante : on a remarqué de tout temps que les montagnards sont, de tous les peuples, ceux qui sont le plus attachés à leur pays, et que les peuples nomades habitent en général les grandes plaines. Quelle peut être la cause de cette différence dans l'attachement de ces peuples à la localité ? Si je ne me trompe, la voici : dans les montagnes, la patrie a une physionomie ; dans les plaines, elle n'en a point. C'est une femme sans visage, qu'on ne saurait aimer, malgré toutes ses bonnes qualités. Que reste-t-il, en effet, de sa patrie locale à l'habitant d'un village de bois, lorsque après le passage de l'ennemi le village est brûlé et les arbres coupés ? Le malheureux cherche en vain, dans la ligne uniforme de l'horizon, quelque objet connu qui puisse lui donner des souvenirs : il n'en existe aucun. Chaque point de l'espace lui présente le même aspect et le même intérêt. Cet homme est nomade par le fait, à moins que l'habitude du gouvernement ne le retienne ; mais son habitation sera ici ou là, n'importe ; sa patrie est partout où le gouvernement a son action : il n'aura qu'une demi-patrie. Le montagnard s'attache aux objets qu'il a sous les yeux depuis son enfance, et qui ont des formes visibles et indestructibles : de tous les points de la vallée, il voit et reconnaît son champ sur le penchant de la côte. Le bruit du torrent qui bouillonne entre les rochers n'est jamais interrompu ; le sentier qui conduit au village se détourne auprès d'un bloc immuable de granit. Il voit en songe le contour des montagnes qui est peint dans son cœur, comme, après avoir regardé longtemps les vitraux d'une fenêtre, on les voit encore en fermant les yeux : le tableau gravé dans sa mémoire fait partie de lui-même et ne s'efface jamais.

Enfin, les souvenirs eux-mêmes se rattachent à la localité ; mais il faut qu'elle ait des objets dont l'origine soit ignorée, et dont on ne puisse prévoir la fin. Les anciens édifices, les vieux ponts, tout ce qui porte le caractère de grandeur et de longue durée remplace en partie les montagnes dans l'affection des localités ; cependant les monuments de la nature ont plus de puissance sur le cœur.

Pour donner à Rome un surnom digne d'elle, les orgueilleux Romains l'appelèrent la ville aux sept collines. L'habitude prise ne peut jamais être détruite. Le montagnard, à l'âge mûr, ne s'affectionne plus aux localités d'une grande ville, et l'habitant des villes ne saurait devenir un montagnard. De là vient peut-être qu'un des plus grands écrivains de nos jours, qui a peint avec génie les déserts de l'Amérique, a trouvé les Alpes mesquines et le mont Blanc considérablement trop petit.

La part du gouvernement est évidente : il est la première base de la patrie. C'est lui qui produit l'attachement réciproque des hommes, et qui rend plus énergique celui qu'ils portent naturellement à la localité ; lui seul, par des souvenirs de bonheur ou de gloire, peut les attacher au sol qui les a vus naître.

Le gouvernement est-il bon ? la patrie est dans toute sa force ; devient-il vicieux ? la patrie est malade ; change-t- il ? elle meurt. C'est alors une nouvelle patrie, et chacun est le maître de l'adopter ou d'en choisir une autre.

Lorsque toute la population d'Athènes quitta cette ville sur la foi de Thémistocle, les Athéniens abandonnèrent-ils leur patrie ou l'emportèrent-ils avec eux sur leurs vaisseaux ?

Lorsque Coriolan...

Bon Dieu ! dans quelle discussion me suis-je engagé ! J'oublie que je suis à cheval sur ma fenêtre.

33

J'avais une vieille parente de beaucoup d'esprit dont la conversation était des plus intéressantes ; mais sa mémoire à la fois inconstante et fertile, la faisait passer souvent d'épisodes en épisodes et de digressions en digressions, au point qu'elle était obligée d'implorer le secours de ses auditeurs : « Que voulais-je donc vous raconter ? » disait-elle, et souvent aussi ses auditeurs l'avaient oublié, ce qui jetait toute la société dans un embarras inexprimable. Or, l'on a pu remarquer que le même accident m'arrive souvent dans mes narrations, et je dois convenir en effet que le plan et l'ordre de mon voyage sont exactement calqués sur l'ordre et le plan des conversations de ma tante ; mais je ne demande main-forte à personne, parce que je me suis aperçu que mon sujet revient de lui-même, et au moment où je m'y attends le moins.

34

Les personnes qui n'approuveront pas ma dissertation sur la patrie doivent être prévenues que depuis quelque temps le sommeil s'emparait de moi, malgré les efforts que je faisais pour le combattre. Cependant je ne suis pas bien sûr maintenant si je m'endormis alors tout de bon, et si les choses extraordinaires que je vais raconter furent l'effet d'un rêve ou d'une vision surnaturelle.

Je vis descendre du ciel un nuage brillant qui s'approchait de moi peu à peu, et qui recouvrait comme d'un voile transparent une jeune personne de vingt-deux à vingt-trois ans. Je chercherais vainement des expressions pour décrire le sentiment que son aspect me fit éprouver. Sa physionomie, rayonnante de beauté et de bienveillance, avait le charme des illusions de la jeunesse, et était douce comme les rêves de l'avenir ; son regard, son paisible sourire, tous ses traits, enfin, réalisaient à mes yeux l'être idéal que cherchait mon cœur depuis si longtemps, et que j'avais désespéré de rencontrer jamais.

Tandis que je la contemplais dans une extase délicieuse, je vis briller l'étoile polaire entre les boucles de sa
chevelure noire, que soulevait le vent du nord, et au
même instant des paroles consolatrices se firent entendre.
Que dis-je ? des paroles ! c'était l'expression mystérieuse
de la pensée céleste qui dévoilait l'avenir à mon intelligence, tandis que mes sens étaient enchaînés par le
sommeil ; c'était une communication prophétique de
l'astre favorable que je venais d'invoquer, et dont je vais
tâcher d'exprimer le sens dans une langue humaine.

« Ta confiance en moi ne sera point trompée, disait
une voix dont le timbre ressemblait au son des harpes
éoliennes. Regarde, voici la compagne que je t'ai
réservée ; voici le bien auquel aspirent vainement les
hommes qui pensent que le bonheur est un calcul, et qui
demandent à la terre ce qu'on ne peut obtenir que du ciel.
»

A ces mots, le météore rentra dans la profondeur des
cieux, l'aérienne divinité se perdit dans les brumes de
l'horizon ; mais en s'éloignant elle jeta sur moi des
regards qui remplirent mon cœur de confiance et d'espoir.

Aussitôt, brûlant de la suivre, je piquai des deux de
toute ma force ; et, comme j'avais oublié de mettre des
éperons, je frappai du talon droit contre l'angle d'une tuile
avec tant de violence que la douleur me réveilla en
sursaut.

35

Cet accident fut d'un avantage réel pour la partie géologique de mon voyage, parce qu'il me donna l'occasion de connaître exactement la hauteur de ma chambre au-dessus des couches d'alluvion qui forment le sol sur lequel est bâtie la ville de Turin.

Mon cœur palpitait fortement, et je venais d'en compter trois battements et demi depuis l'instant où j'avais piqué mon cheval, lorsque j'entendis le bruit de ma pantoufle qui était tombée dans la rue, ce qui, calcul fait du temps que mettent les corps graves dans leur chute accélérée, et de celui qu'avaient employé les ondulations sonores de l'air pour venir de la rue à mon oreille, détermine la hauteur de ma fenêtre à quatre-vingt-quatorze pieds trois lignes et neuf dixièmes de ligne depuis le niveau du pavé de Turin, en supposant que mon cœur agité par le rêve battait cent vingt fois par minute, ce qui ne peut être éloigné de la vérité. Ce n'est que sous le rapport de la science, qu'après avoir parlé de la pantoufle intéressante de ma belle voisine, j'ai osé faire mention de la mienne : aussi je préviens que ce chapitre n'est absolument fait que pour les savants.

36

La brillante vision dont je venais de jouir me fit sentir plus vivement, à mon réveil, toute l'horreur de l'isolement dans lequel je me trouvais. Je promenai mes regards autour de moi, et je ne vis plus que des toits et des cheminées. Hélas ! suspendu au cinquième étage entre le ciel et la terre, environné d'un océan de regrets, de désirs et d'inquiétudes, je ne tenais plus à l'existence que par une lueur incertaine d'espoir : appui fantastique dont j'avais éprouvé trop souvent la fragilité. Le doute rentra bientôt dans mon cœur encore tout meurtri des mécomptes de la vie, et je crus fermement que l'étoile polaire s'était moquée de moi. Injuste et coupable défiance, dont l'astre m'a puni par dix ans d'attente ! Oh ! si j'avais pu prévoir alors que toutes ces promesses seraient accomplies, et que je retrouverais un jour sur la terre l'être adoré dont je n'avais fait qu'entrevoir l'image dans le ciel ! Chère Sophie, si j'avais su que mon bonheur surpasserait toutes mes espérances ! ... Mais il ne faut pas anticiper sur les événements : je reviens à mon sujet, ne voulant pas intervertir l'ordre méthodique et sévère auquel je me suis assujetti dans la rédaction de mon voyage.

37

L'horloge du clocher de Saint-Philippe sonna lentement minuit. Je comptai, l'un après l'autre, chaque tintement de la cloche, et le dernier m'arracha un soupir.

« Voilà donc, me dis-je, un jour qui vient de se détacher de ma vie ; et, quoique les vibrations décroissantes du son de l'airain frémissent encore à mon oreille, la partie de mon voyage qui a précédé minuit est déjà tout aussi loin de moi que le voyage d'Ulysse ou celui de Jason. Dans cet abîme du passé les instants et les siècles ont la même longueur ; et l'avenir a-t-il plus de réalité ? Ce sont deux néants entre lesquels je me trouve en équilibre comme sur le tranchant d'une lame. En vérité, le temps me parait quelque chose de si inconcevable, que je serais tenté de croire qu'il n'existe réellement pas, et que ce qu'on nomme ainsi n'est autre chose qu'une punition de la pensée. »

Je me réjouissais d'avoir trouvé cette définition du temps, aussi ténébreuse que le temps lui-même, lorsqu'une autre horloge sonna minuit, ce qui me donna un sentiment désagréable. Il me reste toujours un fonds d'humeur lorsque je me suis inutilement occupé d'un problème insoluble, et je trouvai fort déplacé ce second avertissement de la cloche à un philosophe comme moi. Mais j'éprouvai décidément un véritable dépit, quelques secondes après, lorsque j'entendis de loin une troisième cloche, celle du couvent des Capucins, situé sur l'autre rive du Pô, sonner encore minuit, comme par malice.

Lorsque ma tante appelait une ancienne femme de chambre, un peu revêche, qu'elle affectionnait cependant beaucoup, elle ne se contentait pas, dans son impatience, de sonner une fois, mais elle tirait sans relâche le cordon de la sonnette jusqu'à ce que la suivante parût.

« Arrivez donc, mademoiselle Branchet ! »

Et celle-ci, fâchée de se voir presser ainsi, venait tout doucement, et répondait avec beaucoup d'aigreur, avant d'entrer au salon : « On y va, madame, on y va. »

Tel fut aussi le sentiment d'humeur que j'éprouvai lorsque j'entendis la cloche indiscrète des Capucins sonner minuit pour la troisième fois.

« Je le sais, m'écriai-je en étendant les mains du côté de l'horloge ; oui, je le sais, je sais qu'il est minuit ; je ne le sais que trop. »

C'est, il n'en faut pas douter, par un conseil insidieux de l'esprit malin que les hommes ont chargé cette heure de diviser leurs jours. Renfermés dans leurs habitations, ils dorment ou s'amusent, tandis qu'elle coupe un des fils de leur existence : le lendemain ils se lèvent gaiement, sans se douter le moins du monde qu'ils ont un jour de plus. En vain la voix prophétique de l'airain leur annonce l'approche de l'éternité, en vain elle leur répète tristement chaque heure qui vient de s'écouler : ils n'entendent rien, ou, s'ils entendent, ils ne comprennent pas. O minuit ! ... heure terrible ! Je ne suis pas superstitieux, mais cette heure m'inspira toujours une espèce de crainte, et j'ai le pressentiment que, si jamais je venais à mourir, ce serait à minuit je mourrai donc un jour ? Comment ! je mourrai ? moi qui parle, moi qui me sens et qui me touche, je pourrais mourir ? J'ai quelque peine à le croire : car enfin, que les autres meurent, rien n'est plus naturel ; on voit cela tous les jours, on les voit passer, on s'y habitue ; mais mourir soi-même ! mourir en personne ! c'est un peu fort. Et vous, messieurs, qui prenez ces réflexions pour du galimatias, apprenez que telle est la manière de penser de tout le monde, et la vôtre vous-même. Personne ne songe qu'il doit mourir. S'il existait une race d'hommes immortels, l'idée de la mort les effrayerait plus que nous.

Il y a là dedans quelque chose que je ne m'explique pas. Comment se fait-il que les hommes, sans cesse agités par l'espérance et par les chimères de l'avenir, s'inquiètent si peu de ce que cet avenir leur offre de certain et d'inévitable ? Ne serait-ce point la nature bienfaisante elle- même qui nous aurait donné cette heureuse insouciance, afin que nous puissions remplir en paix notre destinée ? Je crois, en effet, que l'on peut être fort honnête homme sans ajouter aux maux réels de la vie cette tournure d'esprit qui porte aux réflexions lugubres, et sans se troubler l'imagination par de noirs fantômes. Enfin, je pense qu'il faut se permettre de rire, ou du moins de sourire, toutes les fois que l'occasion innocente s'en présente.

Ainsi finit la méditation que m'avait inspirée l'horloge de Saint-Philippe. Je l'aurais poussée plus loin s'il ne m'était survenu quelque scrupule sur la sévérité de la morale que je venais d'établir. Mais, ne voulant pas approfondir ce doute, je sifflai l'air desFolies d'Espagne, qui a la propriété de changer le cours de mes idées lorsqu'elles s'acheminent mal. L'effet en fut si prompt que je terminai sur le champ ma promenade à cheval.

38

Avant de rentrer dans ma chambre, je jetai un coup d'œil
sur la ville et la campagne sombre de Turin, que j'allais
quitter peut-être pour toujours, et je leur adressai mes
derniers adieux. Jamais la nuit ne m'avait paru si belle ;
jamais le spectacle que j'avais sous les yeux ne m'avait
intéressé si vivement. Après avoir salué la montagne et le
temple de Supergue, je pris congé des tours, des clochers,
de tous les objets connus que je n'aurais jamais cru
pouvoir regretter avec tant de force, et de l'air et du ciel,
et du fleuve dont le sourd murmure semblait répondre a
mes adieux. Oh ! si je savais peindre le sentiment tendre
et cruel à la fois, qui remplissait mon cœur, et tous les
souvenirs de la belle moitié de ma vie écoulée, qui se
pressaient autour de moi, comme des farfadets, pour me
retenir à Turin ! Mais, hélas ! les souvenirs du bonheur
passé sont les rides de l'âme ! Lorsqu'on est malheureux,
il faut les chasser de sa pensée, comme des fantômes
moqueurs qui viennent insulter à notre situation présente

: il vaut mille fois mieux alors s'abandonner aux illusions trompeuses de l'espérance, et surtout il faut faire bonne mine à mauvais jeu et se bien garder de mettre personne dans la confidence de ses malheurs. J'ai remarqué, dans les voyages ordinaires que j'ai faits parmi les hommes, qu'à force d'être malheureux on finit par devenir ridicule. Dans ces moments affreux, rien n'est plus convenable que la nouvelle manière de voyager dont on vient de lire la description. J'en fis alors une expérience décisive : non seulement je parvins à oublier le passé, mais encore a prendre bravement mon parti sur mes peines présentes. Le temps les emportera, me dis-je pour me consoler : il prend tout, et n'oublie rien en passant ; et, soit que nous voulions l'arrêter, soit que nous le poussions, comme on dit, avec l'épaule, nos efforts sont également vains et ne changent rien à son cours invariable. Quoique je m'inquiète en général très peu de sa rapidité, il est telle circonstance, telle filiation d'idées, qui me la rappellent d'une manière frappante. C'est lorsque les hommes se taisent, lorsque le démon du bruit est muet au milieu de son temple, au milieu d'une ville endormie, c'est alors que le temps élève sa voix et se fait entendre à mon âme. Le silence et l'obscurité deviennent ses interprètes, et me dévoilent sa marche mystérieuse ; ce n'est plus un être de raison que ne peut saisir ma pensée, mes sens eux-mêmes l'aperçoivent. Je le vois dans le ciel qui chasse devant lui les étoiles vers l'occident. Le voilà qui pousse les fleuves à la mer, et qui roule avec les brouillards le long de la colline... J'écoute : les vents gémissent sous l'effort de ses ailes rapides, et la cloche lointaine frémit à son terrible passage.

« Profitons, profitons de sa course, m'écriai-je. Je veux employer utilement les instants qu'il va m'enlever. »

Voulant tirer parti de cette bonne résolution, à l'instant même je me penchai en avant pour m'élancer courageusement dans la carrière, en faisant avec la langue un certain claquement qui fut destiné de tout temps à pousser les chevaux, mais qu'il est impossible d'écrire

selon les règles de l'orthographe.

gh! gh! gh!

et je terminai mon excursion à cheval par une galopade.

39

Je soulevais mon pied droit pour descendre, lorsque je me sentis frapper assez rudement sur l'épaule. Dire que je ne fus point effrayé de cet accident serait trahir la vérité, et c'est ici l'occasion de faire observer au lecteur et de lui prouver, sans trop de vanité, combien il serait difficile à tout autre qu'à moi d'exécuter un semblable voyage. – En supposant au nouveau voyageur mille fois plus de moyens et de talents pour l'observation que je n'en puis avoir, pourrait-il se flatter de rencontrer des aventures aussi singulières, aussi nombreuses que celles qui me sont arrivées dans l'espace de quatre heures, et qui tiennent évidemment à ma destinée ? Si quelqu'un en doute, qu'il essaye de deviner qui m'a frappé.

Dans le premier moment de mon trouble, ne réfléchissant pas à la situation dans laquelle je me trouvais, je crus que mon cheval avait rué et qu'il m'avait cogné contre un arbre. Dieu sait combien d'idées funestes se présentèrent à moi pendant le court espace de temps que je mis à tourner la tête pour regarder dans ma chambre ! Je vis alors, comme il arrive souvent dans les choses qui paraissent le plus extraordinaires, que la cause de ma surprise était toute naturelle. La même bouffée de vent qui, dans le commencement de mon voyage, avait ouvert ma fenêtre et fermé ma porte en passant, et dont une partie s'était glissée entre les rideaux de mon lit, rentrait alors dans ma chambre avec fracas. Elle ouvrit brusquement la porte et sortit par la fenêtre en poussant le vitrage contre mon épaule, ce qui me causa la surprise dont je viens de parler.

On se rappellera que c'était à l'invitation que m'avait apportée ce coup de vent que j'avais quitté mon lit. La secousse que je venais de recevoir était bien évidemment une invitation d'y rentrer, à laquelle je me crus obligé de me rendre.

Il est beau, sans doute, d'être ainsi dans une relation familière avec la nuit, le ciel et les météores, et de savoir tirer parti de leur influence. Ah ! les relations qu'on est forcé d'avoir avec les hommes sont bien plus dangereuses ! Combien de fois n'ai-je pas été la dupe de ma confiance en ces messieurs ! J'en disais même ici quelque chose dans une note que j'ai supprimée parce qu'elle s'est trouvée plus longue que le texte entier, ce qui m'aurait altéré les justes proportions de mon Voyage, dont le petit volume est le plus grand mérite.

FIN

DE EXPEDITION NOCTURNE DE MA CHAMBRE

XAVIER DE MAISTRE

(1763-1852)

Xavier de Maistre est un écrivain, né dans une famille de l'aristocratie savoisienne de langue française, il est le frère du philosophe contre-révolutionnaire Joseph de Maistre. Il émigre en Russie lorsque la France occupe la Savoie en 1792, et s'installe à Saint-Pétersbourg. Il vit d'abord sous la protection du général Souvorov, mais ce dernier ayant été disgracié, il survit grâce à la peinture, et ses paysages connaissent un certain succès. Sa situation change avec l'arrivée à Saint-Pétersbourg de son frère, envoyé extraordinaire du roi de Sardaigne : Xavier est nommé directeur de la bibliothèque et du musée de l'Amirauté en 1805. Par la suite, il sert dans l'armée, parvient au grade de général, et combat notamment lors de la guerre du Caucase.

Son œuvre la plus connue, le *Voyage autour de ma chambre*, est imprimée en 1795 à Lausanne à compte d'auteur. Cette première édition est datée de Turin, en 1794, sans nom d'imprimeur ni de librairie. Elle est publiée à l'initiative de son frère Joseph, sous une forme anonyme : M.LE CHEV.X****** O.A.S.D.S.M.S. (Xavier, officier au service de Sa Majesté sarde).

Ce récit de forme autobiographique raconte les arrêts

d'un jeune officier, contraint à rester dans sa chambre pendant quarante-deux jours. Il détourne le genre du récit de voyage, ce qui donne à ce roman une dimension clairement parodique, mais annonce aussi les bouleversements du romantisme, avec l'intérêt constant apporté au moi. Le *Voyage* est remarquable de par sa légèreté, et la fantaisie avec laquelle l'auteur s'y joue de son lecteur, dans la lignée de Laurence Sterne.

Dans l'hiver de 1809-1810, il écrit *le Lépreux de la cité d'Aoste*, dont la première édition est datée de 1811 à Saint-Pétersbourg, petit ouvrage d'une trentaine de pages, d'une grande simplicité stylistique, où est exposé un dialogue entre un lépreux et un soldat. Plus tard, il écrit deux autres romans, *La Jeune Sibérienne* en 1825 et *Les Prisonniers du Caucase*.

Xavier de Maistre est connu pour ses peintures des grands personnages de la cour de Russie et pour la peinture de paysages. La plus grande partie de ses œuvres a disparu dans l'incendie du Palais d'Hiver de Saint-Pétersbourg, en 1837. Il subsiste toutefois un spécimen de son talent de miniaturiste au musée des beaux-arts Pouchkine de Moscou : le portrait à l'aquarelle sur ivoire du futur tsar Alexandre II enfant, réalisé en 1802. À la galerie Tretiakov, on peut voir le portrait du généralissime Alexandre Souvorov. Quelques paysages de facture néoclassique sont exposés au musée des beaux-arts de Chambéry. En l'église de l'Assomption de La Bauche (Savoie), est exposé le tableau de l'Assomption de la Vierge, peint par Xavier de Maistre à Pise en 1828.

AVIS DES LECTEURS

VOUS AVEZ TERMINÉ ET AIMÉ « VOYAGE AUTOUR DE MA CHAMBRE »

N'hésitez pas à partagez vos commentaires sur les blogs littéraire, votre blog, les réseaux sociaux

OU

FLASHEZ LE QR CODE POUR LAISSER UN COMMENTAIRE SUR AMAZON:

RESTONS EN CONTACT

Delenn Harper est une romancière indépendante française, auteure d'une trilogie initiatique à l'esprit enchanteur, et d'un journal de méditations et de pleine conscience. Étudiante passionnée de littérature celtique et enseignante de la tradition des mystères celtiques.

Son univers celtique, alliant développement spirituel et épanouissement de l'âme féminine, est traduit en quatre langues.

LA TRILOGIE: Un Pays Celtique

- Livre 1: Le Grand Hiver
- Livre 2: Le Printemps Languissant
- Livre 3: La Luminosité de l'été

Le Livre compagnon de ton voyage celtique:
Mon année à Avalon : Journal

TRADUIT PAR DELENN HARPER :
Le Jeu de la vie et comment le jouer - Florence Scovel Shinn

WWW.DELENNHARPER.COM

facebook.com/delennharper.auteure

instagram.com/delennharperbooks

1ère publication 1794

ISBN: 9798736106264

Couverture: *Chambre à Arles, Vincent Van Gogh*, 1889.

Dépôt légal : 2021

Printed in Great Britain
by Amazon

38515997R00128